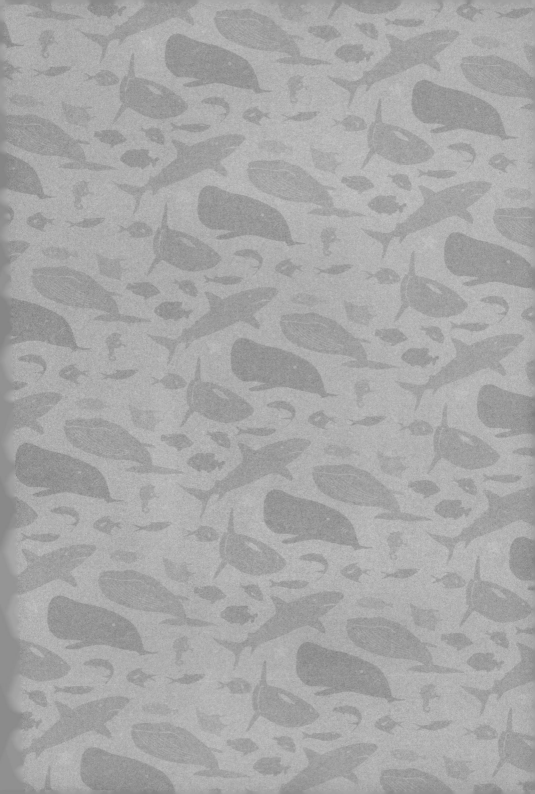

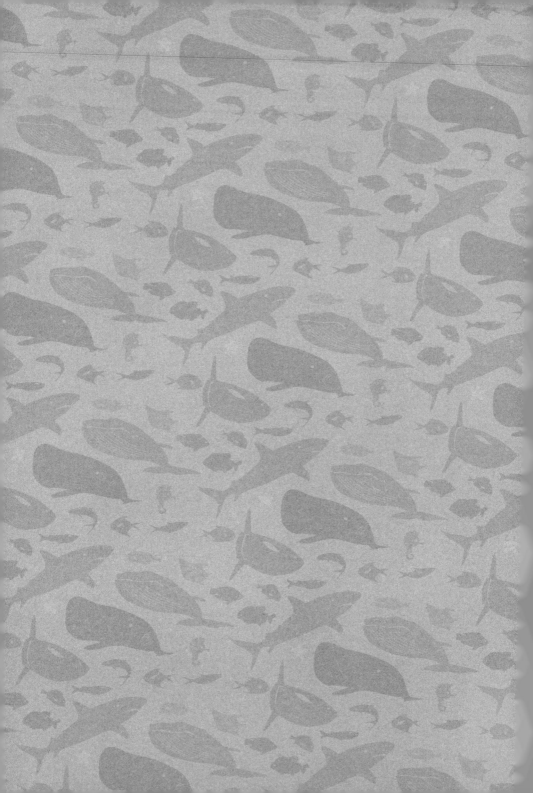

海　洋　散　文　集

海洋的心聲

廖鴻基◎主編

育海

只需一支釣竿，不需搏命相爭，它將許你意想不到的豐碩。

依海

海釣船、定置網，捕獲一季的幸福；
貨櫃裝卸、遠渡重洋，滿載千里的希望。

YANG MING

探海

海上晨曦晚霞，海灘潮起潮落，
變與不變，是人類恆常的探索。

樂海

或追逐浪花，或嬉游海灣，一親水的芳澤；或撥槳輕划，或搭乘移動的城堡，遠眺海的一方。

編者序／

轉過頭來

臺灣四面環海，海床錯綜，海域深淺差落，大洋海流及沿岸海流在我們沿海交互作用，海域生態豐富，漁業發達。臺灣群島位居南中國海北端出口，是東北亞、東南亞間的海運樞紐，亦為東亞第一島鏈重要戰略據點，海運因而暢旺。無論生物或非生物，臺灣堪稱擁有一流的海洋資源。

儘管海洋產業發達，但種種因素使得臺灣社會並不親海。海洋自覺遲緩、海洋專業不足、海洋文化邊緣化、海洋精神式微、海洋藝文零星可數、海洋環境敗壞……等等不合理的海島社會現象十分明顯。長久以來，我們是背對著海在發展，也確實是糟蹋了老天給予的海洋優勢。

專家預言，未來這世紀將是藍色世紀、太平洋世紀。位於太平洋西緣的我們，機會來了。然而，對海認知不足，我們將在這關鍵的一刻失去長足向海發展的機會。

二〇〇四年臺灣開始規劃、推行中小學海洋教育，二〇〇七年，政府頒布《海洋教育政策白皮書》，目的在於透過教育管道，讓海島社會轉過頭來看見海、認識海、尊重海，並得到向海發展的機會。

海洋文學，是海洋教育多元管道中一座感性而美麗的橋梁。以美學詮釋海洋文化、海洋精神的文學作品，稱為海洋文學；或者，泛指以文字記述發生於我們海洋舞臺（海岸、沿海海域、離岸海域）上深刻動人的風景和故事。

這本《海洋的心聲》共收錄十七篇文章，為了編排方便分別以育海、依海、探海、樂海概略區分。高山大海是臺灣最大環境特色，臺灣海洋文學的沃土就繫於我們一流的海洋環境。如果說陸地看海是一八〇度視角，若能以海上另外的一八〇度回看臺灣，海島居民將擁有更圓滿的視野。

及至目前臺灣海洋文學作品並不多，編輯此散文選時也發現，若以海上／陸地來分別作者的觀察位置（或說視角位置），海上部分比重明顯不足，這現象或可說明，我們航行離岸從事海洋活動的經驗仍屬保守有限。主要原因應是一九八七年解嚴後，海洋活動雖逐漸開放，但不合時宜的法令仍處處限制著我們從事海域活動。過去所累積的海洋產業，漁業、海運或海洋研究，也大多缺乏足夠的文化層次紀錄。也就是說，我們尚未觸及有待開發的海洋文學空間仍相當寬廣。

從沿海到遠洋，時時、處處都有我們的各種船舶航行其間。不若陸地擁擠，寬廣無垠為海洋最大特色，本書的編選目的是希望年輕學子經由海洋文學的閱讀，對海感到興趣，願意轉過頭來看見我們的海，也希望能夠進一步認識、感受並且記錄、書寫我們這片老天恩賜的海洋資產。

不親近、不認識、不關心，甚且恐海畏海，大概是臺灣社會過去對海的基本態度。人是陸生動物，怕水是常情，但過去我們以背對、禁絕的消極方式以為可以避開危險，其實，背對及無知往往才是最大的危險。或許轉過頭來面對海、面對危險，進一步了解危險在哪裡，才是積極進取的海洋精神。海洋環境既為海島居民的資產，亦是我們的宿命，海島先天有限，必要懂得運用寬闊大海作為彌補，才不會自我設限失去老天賦予的海洋優勢。

特殊的在場經驗是文學重要的養分來源，以積極、冒險、犯難的精神走出去、航出去，是從事海洋文學創作者需要的態度，雖然辛苦，但相信每一步都是突圍、都是開創。

本選集為青少年讀本，篇幅不宜過長，因而編選時有所摘錄，選文中許多篇章無法將作品原貌完整呈現，除了對作者致歉，也鼓勵讀者進一步閱讀選文原著，更完整感受大海之浩瀚與多元。

目錄

編者序

育海

育海

終有一天，
小丑魚將與繽紛多彩的珊瑚礁共舞，
美麗的鯨豚不再擱淺死諫，
水族的子民死裡逃生，
被私欲切碎的海洋回復完整。

秋天的墾丁

／杜虹

三角仔來的時候

夕陽入海時，海水鏡平，他們一個抱著漁網，一個扛著綁滿紅繩的長竹竿，穿越盛滿霞光的珊瑚礁潮池，走入海中，向已在水裡游了一會兒的人影靠近……

當斜陽離海面還有一個手掌視線高度時，我便來到這半島西南隅的萬里桐小海灣。這個美麗的小海灣我算得上常來，但今天的海灣風光有些特別，近岸海水中有幾組人在活動，其中有些人拿著奇怪的綁紅繩竿子，而灣中央的水域，則有二人忽浮忽潛，游得像覓食的小鸊鷉，這些人一看便知不是觀光客。

我拿望遠鏡觀察水裡人的動靜，那頭戴蛙鏡忽浮忽潛的是在捉魚，但那揮動著紅繩竿的，怎麼也看不懂是為何事。夕陽正醉人，但海灣裡除了我，似乎無人在意日輪就要親吻海洋，一位阿伯背著夕日行過我獨坐的堤階，我向他詢問那使人疑惑的紅繩竿。

「在趕三角仔啦！」

我若有所悟地哦哦點頭，他走了過去。三角仔當然是一種魚，但為何以前未見如此場面呢？

如賞鳥一般，我以望遠鏡欣賞著水裡如水鳥游動的人影，直到他上岸。當這位年輕人手中揑著幾尾臭肚魚走過我身邊，我又向他打聽三角仔的事。他說三角仔每年這時候最肥，而且黃昏夜晚會群游至近岸覓食，所以村人這段時間就會下海網捕，除了漁獲可供自家及左鄰右舍享用，也可以活動活動筋骨，就如他到灣裡捉魚，雖然整個黃昏就撈得這兩三尾，但游游泳也不錯。

早年，人們總是靠山的吃山，靠海的吃海，半島西岸的村子都緊臨著海灣。這個小漁村鄰近海灣的房舍整潔樸素、高低有致，金色陽光裡哼著海洋的歌，意境極美，而此刻海灣裡添綴村人漁撈的形影，看來更覺有味。

那在夕陽沉海時才下水的一組人，正好為我說明了捕三角仔的程序：捕三角仔多為三人一組，一人先至海中查看魚群狀況，然後一人舉紅繩竿至水中驅趕魚群，另二人張網以待……。天上霞光即將斂盡，灣邊小屋升起令人懷舊的裊裊炊煙，天光昏朦中終於有人持紅繩竿子爬上海灘，我迎向那全身溼透的男人詢問漁獲，他說捉到很多，自己吃算豐收。

自己吃算豐收。聽在我耳裡，這句話彷彿含藏著濃縮的生活哲學。

在半島上居住多年，每年秋天注意力總追隨候鳥的行蹤，今天來這個小海灣，也是為觀察是否有南遷的鷺鷥群從此處經過。沒想到，未見鷺鷥，卻撞見最平常而動人的漁村風光！真難相信，我至今才看見這裡年年上映的秋景。

深濃暮色裡，有釣魚人來到海岸，他們說要來釣三角仔。這時候夜釣三角仔，一次下竿可以釣上一整串。離開村子時與一輛白色轎車相錯，那車的後窗全開，窗口伸出一綑綁滿紅繩的長竿……

琉球來的貝殼

那位曾在海邊撿貝殼而被我勸阻的男子來到辦公室找我，為我帶來二枚寶貝，說這貝殼是他自琉球海邊帶回來的，叫我放心收下。

我明白他是好意，但一時還真不知該如何說才不致使彼此尷尬。對我而言，墾丁的貝殼和琉球的貝殼都是自然物，留在大自然中總有生物可以利用，況且，我認為貝殼最美是在浪潮間遇見的當刻，並非化作收藏時。

當我散步海邊，偶爾會發現一粒晶瑩完整的貝殼，那總會令人衷心微笑，在拾起與送回間，已經獲得美好的心情。剛來墾丁時，面對美麗貝殼也曾興起把它帶走的欲念，但又想若留它在海邊，以後就可能還有機會遇見，也可能有其他人會遇見而獲得與我此刻相同的美好感受，於是有些不捨地放下了；後來明白，海灘失去貝殼，寄居蟹就失去了家，人們帶走貝殼造成的不只是不再相遇的遺憾，而是間接影響了海岸生態，帶走貝殼的心念便不復存在了。

一個有許多完整貝殼的海灘是吸引人的，若加上寄居蟹背著各式各樣的貝殼屋穿梭其間，定更具風味，然而這樣的海灘必須大家都不帶走貝殼才能存在。至於琉球的貝殼與墾丁的貝殼之別，其實只在於人的想法。生態系統無國界，人們都生活在一個由大氣層保護的地球村中；而對今日的旅人來說，旅程也早已無疆界。

不過，對於這位遊客的心意，我深深感謝。

——摘錄自《秋天的墾丁》（晨星，2003）

瞰瞰海

這兩篇短文選自《秋天的墾丁》。〈三角仔來的時候〉，作者描寫的是觀察候鳥途中，偶遇當地居民秋天時候的傳統沿岸漁撈。除了日落黃昏沿岸漁撈的情景描寫外，作者因為對這種特殊漁撈方式好奇，進而詢問兩位分別提著漁獲上岸來的村民，其中一位說，「雖然整個黃昏就撈得這兩三尾，但游游泳也不錯。」另一位則說，「捉到很多，自己吃算豐收。」文章中不提保育，甚至是相當冷靜地表述了村民這種不問效率、知足常樂的傳統漁撈，將保育及永續使用的深意做了巧妙的表達。

〈琉球來的貝殼〉寫的是一位曾被作者勸阻在海邊撿拾貝殼的男子，回頭贈與作者貝殼，並請作者放心收下，因為這貝殼不是在墾丁撿拾的。作者用這段小故事為貝殼說話，關於我們的海邊和寄居蟹等等。

生態保育文章，除了可以專業知識和數據有效地說情論理外，這裡的兩篇短文或可相互參考比較，柔軟委婉，也能呈現保育訴求的另一種勁道。

黑鯨之死

／劉克襄

十七日清晨，當所有專家、記者與群眾團集於臺中港，尋找一隻困在港內貯水池的「黑鯨」，準備搶救出海時，牠卻一搖一擺在港外北方的大安海灘擱淺，等待著死神的眷顧。

黃昏、夕陽與沙灘，加上海鷗盤旋天空，幾名軍人與漁夫徘徊不去，圍觀著黑鯨的掙扎，然後不斷地試圖抬牠出海，牠又努力

游回陸地垂死。這五天（從十三日發現迄十七日）有關黑鯨的新聞好像一場電影，高潮迭起。沙灘一景，正是最後一幕高潮，而且是悲劇的閉幕。比起去年底，美國人組織船隊，使用聲納，將一隻誤入加州克拉馬多河，浪蕩了二十四天的座頭鯨引出，我們的「運氣」似乎差多了。

從整個搶救的過程看，假若不是這隻「黑鯨」擱淺死亡，在自然生態保育的路上，我們顯然又正確地向前踏出了一步。過去只要鯨科動物近岸，幾乎都難逃一死的命運，如果按臺中港務局的搶救，這條「黑鯨」將是最幸運的一隻，牠會在眾目睽睽下，安然無恙地出海。這也將是國內保護動物紀錄的另一個轉捩點。

然而，整個救鯨的過程卻暴露出一個極嚴重的問題。在一連幾天的新聞報導中，我們只知道一條不知名的黑鯨游進臺中港，許多人想設法幫助牠出海，挽住國家在保護動物形象的顏面，牠卻「離奇」地自己游走，又「離奇」地在別處擱淺死亡。我們卻不了解最初步的鯨魚身世、背景，也不懂得牠為何會擱淺？同時，都是海中的「魚類」，為何有的可以捕食，這條「魚」反而要特別保護、宣傳？

從事件爆發起，我們也只看到專家說了許多的「可能」。從牠「可能」是迷途進港，「可能」找不到游回大海的路，「可能」到牠臨死之際，還不知牠的身分，只「可能」牠是因為鼻紋受傷，失去辨識方向的能力，所以迷路上岸。

其實關於這些「可能」的謎底，縱使請國外的鯨魚專家，或從有關資料尋找，恐怕也沒有確切的答案。所以也無法責怪現場的專家，但他們說了太多的「可能」，總令人意猶未盡，只好試著找出相關的資料再加以佐證。

去年十一月的美國奧杜邦（Audubon）生態雜誌，有位研究鯨魚的專家葉利斯（Richard Ellis）曾發表一篇專論鯨魚的文章，〈大海獸的轉運〉（A Sea Change for Leviathan）裡面有些內容提到「擱淺」（strandings）的問題，或許可以解釋這條「黑鯨」死亡的原因：

「關於鯨魚擱淺，已有一段長時間的觀察，儘管人類的知識不斷增進，但比起一千年前對鯨魚的知識，現今仍未更進一步明白這個神祕現象的原因。

「一九七八年一位叫武德（F.G. Wood）的生物學家，曾提出一個假設：鯨魚仍保持兩棲類祖先的本能，當牠們受到嚴重的壓力時，會有一種「盲目」的反應，本能地尋求安全登上岸邊。

「假如一隻鯨魚生病了，或受到壓力，不管外在環境發生任何其他的事，牠會盡可能保持自己的噴孔完全暴露於水面，避免沉溺。而那些想把牠拖回海裡的善心人士，或許是在做一件自以為是的錯事。這也可以解釋，被人們拉回海岸的鯨魚，為何又不改方向，繼續游回岸邊。

「我無法解釋，為什麼有大量鯨魚或海豚集體擱淺的原因。這種『自殺』行為，數量最多的一次，發生於一九四六年，阿根廷的海岸。那時，大約有八百多隻False Killer Whale，自動游向海灘等死。

「一九八四年底，一些加州的科學家，在研究鯨魚擱淺的紀錄中，提出一個新理論，鯨魚跟候鳥或某些魚類相似，有一個類似磁場的東西，在牠們的身體組織中。這種磁場反應的本能，或許與牠們的擱淺行為有關。」

在這次有關黑鯨被困與擱淺的新聞中，我們彷彿也被「困住」，被「擱淺」了，無法從這次的救鯨行動中，獲得更多的啟發與知識。而弄清楚這隻鯨魚的真相與說明護鯨的重要性，應該是整個事件的重心，但在救鯨的過程裡，始終沒有人深談。

就我所知，在人類與鯨魚關係的歷史裡，自一八五〇年代，加州鯨魚大屠殺後，鯨魚應否視為人類消費需要加以捕捉，以及從人道的立場來面對，許多國家仍爭執不休，捕鯨的行動迄今也仍在持續。十年前，每年仍有三萬多隻各類鯨魚被射殺，以日本、蘇俄為首的國家仍堅持反對全面停止捕鯨。不過，保護鯨魚的行動已露出曙光，國際護鯨組織（International Whaling Commission）仍不斷在開會協商，準備簽訂法案，綠色和平組織或其他先進國家的保護動物團體也處在一片護鯨熱浪中，護鯨的國際法案，可望在一九八七年做出決定。這也是國內興起對鯨魚保護意識的外在因由。

為什麼鯨魚會變得如此重要，除了人道主義的理由外，從科學研究的立場，要弄清楚鯨魚本身的習性，也是保護的理由之一。

因為鯨科魚類的智商遠超出我們想像。我們所知道關於牠們的事，都是在牠們擱淺或水族館裡時，牠們在深海的本能仍然不清楚。我們也知道人類源起於水中，牠們的遠祖也是我們的遠祖。我們仍保有近水的本能，仍然靠水為生存媒介的關係。而在魚類當中，牠們還保有以空氣呼吸、餵乳的習性。除了抹香鯨外，所有鯨魚胎兒都有一些毛——而毛正是哺乳類動物的特徵。另外牠們的社群組織相當複雜，不同種類有不同的棲息方式，特別是牠們藉歌唱互相溝通的行為，迄今也未被研究清楚。

鯨魚身上仍存有這樣一大堆未揭的謎題，難怪一名鯨魚專家會有這樣的建議：「我們花大量金錢和時間，試圖和外太空有智慧的生物建立關係，實在是浪費。所謂地球以外的『外星人』，對我們的意義，現在應該是這裡其他高智商的動物——那些和我們在地球上相伴為生的鯨魚。目前，牠們相互發出的歌唱、呻吟、吹哨、喃唸等各種複雜聲音的『語言』進行溝通時，我們尚未知道牠們在說些什麼。」

當我佇立在大安海灘，隔著一百公尺外的海潮，用望遠鏡面對這隻「黑鯨」時，想起牠們和我們共同的哺乳類動物的遠祖們，幾百萬年前已踏上各自不同的道路時，前面的距離好像一條歷史綿長的鴻溝，無法跨越。然而看著牠臨死的掙扎景象，縱使過去有幾百萬年的時間，將我們隔成兩種不同生存環境的動物，臨死時畢竟是殊途同歸。這樣遠望時，牠又彷若近在眼前，與我自己的命運似乎有些關連。我告訴自己，一定要設法——最少弄清楚牠到底是專家分類中的哪一種，牠的習性到底如何，還有，最重要的是，牠喜歡唱什麼樣的歌。

後記：「黑鯨」死後，曾運抵野柳鑑定，兩天後，才確認係一隻老病的擬虎鯨。

——選自《消失中的亞熱帶》（晨星，1986）

瞰瞰海

本篇選文描寫一頭黑鯨誤入港灣，經過一連串人為救援努力，最後還是死在港外海灘上的一起鯨豚擱淺事件。

事件表面看似一般無奇，但作者以疑問一步步帶引讀者，一步步探究這起事件的現象和意義。牠是誰？為何游進港裡頭？為何又離奇地游離港口？為何離開後又擱淺在港外的沙灘上？為何前來救援的專家們對這些問題的回答都要先加上不確定的語句——「可能……」？

作者試著自行搜索答案，並以蒐集的知識為基礎加上想像與研判，做出推論。這至少部分回答了之前的一連串問號，其更大的意義在於，當如此悲傷的鯨豚死亡擱淺事件不幸發生在我們面前時，我們是否從中學習或領悟了些什麼道理？

對於大自然，生命有限的人類並沒有太多窺視全貌的機會，特別面對的是浩瀚汪洋中神祕的鯨豚生態，我們懂得的，往往遠不及我們所不懂的。同樣是哺乳動物的根源下，作者提高視野告訴我們，這場黑鯨擱淺事件不應該流水般過去就算了，我們應該從中得到些啟示和啟發。

與智者拔河——章魚

／陳楊文

氣溫開始轉涼，進入潮池後，突然有一種被監視而多疑的感覺。監視的眼睛躲藏在暗處與洞穴裡，稍微一轉眼，就感覺到背後有所動靜。為了證明我的多疑，主動探頭將目光注視到小洞穴裡的動靜。靠近海底半壟起的洞穴，往往有一些

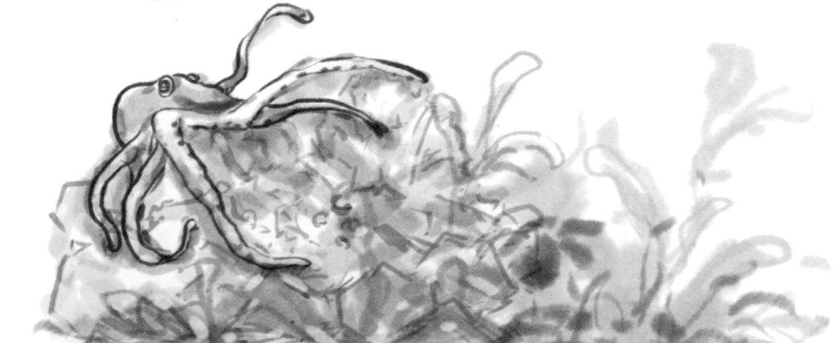

被棄置的蚌殼，這蚌殼不太自然地堆在一起，彷彿是有人棄置一般。當定住眼光在洞穴一會兒，果然有所動靜，黑暗中一盞黃色眼光極慢地露出。這是一種好奇又害羞的眼神，如果你耐不住性子，稍有動作，這個眼神就會立刻消失在黑暗中。只要靜止不動，眼色反而會張大，投入更多好奇心，慢慢地驅使身子露出原形，大剌剌地注視著眼前這個奇特的生物。

此時，一種默契似乎正在建構中。當你稍微潛下觀看時，只要不突然靠近，露出侵犯的動作，那個洞穴的目光，就只會稍微內縮一下，不久好奇心還是驅使著它顯露出來。就這樣一進一出，彼此無害的默契建立起來後，這個目光就不再退縮了，反而大方地直視著你、好奇你到底在做些什麼。如果這時慢慢伸出手來，或許會讓目光縮回去一下；但只要你的手勢夠溫柔，輕輕舉起洞穴外的空殼，敲一敲、敲一敲，目光也許不再流露出來，反而會出現一隻好奇的手，一隻像是長有眼睛的手，從黑暗中出發，慢慢朝敲動的地方伸去，四處摸著想要了解到底發生了什麼事？

如果你的手就此停下來，牠的觸手會毫不猶豫地輕輕觸動著你的手指，左摸又右摸、上摸又下摸，遠端處那個小小的腦袋，或許正在建構這個怪東西的位置、大小、觸碰感覺。經過這樣的儀式，這觸手又伸長了一吋，試圖將你的手指捲起來。這回輪到你擔心了，本能地後退了一下，反而鼓勵這手又更進一吋。你欲擒故縱地故意慢慢後退，想要看這觸手到底可以伸多長，畢竟這怪手無法無限延伸，好奇轉變成固執，就是想知道個究竟，於是目光流露出來了，接著身軀也慢慢出現了，你還是向後退，而固執的觸手仍舊前進，整個身體都暴露無遺，只見到另外的觸手扳住洞口，從探索行動竟然變成了拔河較勁。

我是輸掉的那一方，因為對方有六隻手兩條腿在用勁，而我不想讓我的手指被抓走。

除了鯨豚哺乳類動物之外，誰是海洋中最聰明的動物？

章魚在潮池住宅外所堆積的戰利品，應該是在夜間憑著超強的視力，闖入嗜睡者的夢鄉，趁其來不及回神而逃跑後的結果。儘管目光銳利，八隻腳中有兩隻扮演著探索的手，以把脈的方式，探訪所有可能的生命跡象，或是食物的美味，也是人類所說的好奇心的驅動。除了好奇，勇於探索未知之外，一生低調躲藏的生活，隨著環境調適，隨遇而安；能瞬間改變外表形貌與膚色，既能夠躲避敵人搜尋，又能轉變成獵人守株待兔，不以力道或速度取勝，以智力得勝，那就是章魚。

或許有人嗤之以鼻不以為然，聲稱只不過是低等動物的小把戲，不見漁人以壺入海，稍用餌誘之，就能輕易將之騙取？輕藐與自大同生，多少人類將此動物的身軀，誤以為是高等動物巨大的頭部，無法接受足腳長在頭上的長相。是的，眼睛上方看起來像是大頭的，是身軀，否則眼上是頭，眼下是腳的話，身體在哪兒？早期的電影，將火星人的造型，想像成章魚的模樣，頭大象徵智慧，多手腳象徵多能力，這些都是人類自以為是的想像。章魚真正自然的「立姿」，八腳在下沒錯，身體自然垂下與眾腳平行，唯有炯炯雙眼高高在上，那頭呢？章魚的腦小到從外表看不出，位置是在圍繞於食道周圍的神經節，從外表來看，也就是八足交集的口部，與體軀交界之處。

潮池中章魚的餐譜，看來是嗜食隱藏在沙中的雙殼蚌類，以及橫行潮池底的蟹類。我平常未曾見過這些蚌殼，不知是如何找出來的。可想像的是，緊閉的雙殼，是敵不過長有吸盤的八隻腳。要捕獲帶刺有力的蟹類，可是需要技巧，甚至一些腦力。想像中的方式，是先伸長腳遠遠地用腳尖探索，讓蟹類失去戒心，甚至欣喜以為是小蠕蟲類食物送上門，當在猜疑中，更多的腳從不同方向前來，更是增加疑惑，一旦發現不對勁，準備逃跑時，已經落入章魚所擺好的八卦陣，無處頓逃，頓時章魚八腳間的薄膜張開，如軟傘般籠罩住蟹類，蟹類在張惶下欲動武，章魚已張開如鸚鵡般大顎輕咬，毒液注入體內，蟹類如斷線的木偶無法動彈，勝負已定，最終成為章魚的大餐。

——選自《一個潮池的祕密》（行人文化實驗室，2011）

瞰瞰海

本篇選文記述一趟潮池觀察章魚的過程。

當季節變化、潮水退去，潮間帶的生物相也跟著有些改變。作者以潮間帶生態觀察者的眼光，帶領讀者的視線悄悄接近目標潮池。首先，有了被監視的感覺，隨後看見被棄置的蚌殼，接著出現害羞的眼神……。這篇文章提醒我們，只要觀察者不粗魯急躁且態度夠溫柔，就能等到潮池裡的章魚主角，從隱躲的礁穴裡逐步登場，且一步步愈來愈大方。這隻章魚得寸進尺似地伸出觸手好奇探觸周遭，甚至到最後是大膽地與作者的指頭拉拔。這過程中，從形體樣貌到生態特徵，作者得以從容描述這隻潮池中被觀察的章魚。

多種多樣是臺灣生態的最大特色，有許多種海洋生物種類均占地球所有種類的十分之一以上，如此多樣性的海洋生態資源，除了提供國人生物研究或消費產業外，若能更進一步，從潮間帶到海域，從觀察到書寫，記述這些生物的生態之美以及人與海洋生物間的各種關係，每一條魚、每一隻蟹都有可能是海洋文學的取材對象，若此，那還真是寫不盡的題材。海洋生態之美真是臺灣廣浩多樣的海洋文學資產。

人魚——我的水裡人生

／方力行

撞見巨石斑

天氣只要愈來愈熱，下水的人就愈來愈多。海底世界，旖旎無限，潛水的朋友紛紛向我訴說水下的驚喜，講得最多的就是看見「大魚」。

有多大？或者比著一尺長，或者圈得像餐盤的大小，興奮之情，溢於言表。但海洋如此遼闊，曾幾何時，在野外看到像平日吃飯時可見大小的魚，就要心跳不已？那麼早年那魚蝦不可勝數的海底，豈不讓潛水人全得了心臟病？

第一次心跳加快是在宜蘭附近海域，三十多年前的東澳灣吧！水深大約二十五公尺，正在調查一艘約五十噸左右漁船的沉船礁，我沿著左舷底部向船尾游去，一邊記錄著藏在船下的魚類。那時候的漁船後甲板都會抬高，在尾部形成一個上提的平臺，下面自然有個兩、三公尺的凹槽，就像懸崖一樣；我游到此凹陷處，正要轉進去，突然看到一張比面盆還大的臉，在微弱的光線中，目不轉睛地注視著自己，胸口陡然一震，心臟差點跳到嘴裡，好大一條大石斑魚！單單嘴巴的口裂大概就有半公尺寬，一開一闔，煞是嚇人。

牠瞪著一雙銅鈴眼，細細地打量著我這個不速之客。我愣在當場，有點進退維谷。經驗告訴我驚慌是遇見大型野生動物的致命傷，直覺卻告訴我三十六計走為上策。實際上只有一、兩秒鐘吧！時間好像凝結住了，但是因為驚恐而造成的大量吸氣，卻無法控制地湧向喉嚨，「咕嚕！咕嚕！」我大大地吐了口氣，形成了一大片白花花的水泡。

巨魚顯然沒見過這種陣仗，略一猶豫後，將頭一扭，轉過身子，就向船體另一邊的深海逸去，龐大的軀體在我眼前約兩公尺處迴旋，斑駁暗灰的皮膚、粗得像鉛筆般的鰭棘、大得像蒲扇般的鰭葉，在在都像遠古化石的重現。而雖然只是驚鴻一瞥，卻幾十年來歷久彌新，只要想到牠，就歷歷在目。我敢打賭，世上沒有任何一個美女，具有這種讓人三秒鐘烙印三十年的魅力！

回想起來，那條石斑大約有一百公尺以上，應該是從深海閒逛上來的。在廣闊的沙地上，沉船高聳的尾橋凹陷讓牠覺得像天然岩礁的懸壁，底下的陰影則讓牠回到聚守洞穴的本性，船礁引來的魚群更成了送到牠嘴邊的佳肴，華屋美食，真是幸福快樂得不得了，我將牠嚇走了（不知誰嚇誰），還真是乞丐趕廟公般的不應該呢！

從那之後，最近十年來，每次在魚市場調查，看到排在地上一具具僵硬冰冷、眼睛灰濛濛、等待著拍賣的大石斑魚屍體時，總不禁自內心深處湧出自己的朋友正在遭桀紂暴君追殺九族的悲哀。

再訪沉船礁

近年一次潛水調查一條水深超過百呎，用沉船做的人工魚礁，那種幽暗、深邃、神祕又略帶一些危險的感覺，讓我重溫了疏離多年的少年夢。

民國六十五年，我在中研院張崑雄博士實驗室時學了水肺潛水，之後連著兩年，每個月都有十五天泡在臺灣四周及離島的海洋中，從事魚類生態的調查研究。水晶天地中的花花世界，看得頗有曾經滄海難為水的感覺，不過在那些不計其數的潛水機會中，每當要前往外海的沉船礁調查時，心中興奮，略有些緊張、但又充滿期待的滋味，迄今猶難以忘懷。

為什麼呢？因為在外洋的潛水不像珊瑚礁區，四周一片茫茫大海，看不到一丁點陸地，下面又是深不可測的海洋，但是為了工作，說要往下跳就得往下跳，那個當兒，還真需要點決心；入了水，開始下潛，心理上的穩定度要更強，在沉向海底的過程中，上下左右都是無邊無際的深藍，沒有任何的參考點，你也不知道下面在等你的是些什麼樣的東西，大鯊魚？大海鰻？或是強勁的海流？無依無靠又無所恃的心境，對沒有經歷過的人，實在很難講得貼切。或許你會說，電視上不是都播過了嗎？錯！幾十年前完全沒有這些資訊與畫面，有的只是簡陋的設備，滿腦子鯊魚、怪物和神祕的海洋童話，以及一顆探索未知世界好奇的心。

但是沉船礁每次都給了我遠超過期待的回報。

朦朧中，海底首先會出現一條船的輪廓，距離雖然還有十幾公尺，卻常常已看得出是一條三、五十噸的遠洋漁船，而這時身旁也開始有魚群陪伴了；在南部通常是圓翅燕魚，在北部通常是紅鮒鰺，而在澎湖則以金梭及鯖、鰺魚居多，牠們都是礁區較外圍的居民，所以最先碰到。當海水混濁、看不到礁體，我有時也靠跟著這些魚，找到那在「水」深不知處的沉船。

游近船礁以後，魚兒的種類和數量就愈來愈多了。在外面巡游的通常是體長一、兩公尺的大石鱸、在船橋上方水域匆匆忙忙穿梭的是烏尾冬魚群，白吻雙帶立鰭鯛或角鰈有時會聚個三、四十隻漂浮在船舷外側，蝴蝶魚、寒鯛、隆頭魚、蓋刺棘蝶魚則在船上長滿密密麻麻的附著生物中覓食，大群的笛鯛沿著船舷上下游動，天竺鯛和金鱗魚常害羞地在船艙暗處躲藏，船下面總有幾條石斑守株待兔，裸胸鯙不時從裂縫中露出齜牙咧嘴的頭，有時更有龍蝦在船的空隙間露出兩根長鬚，或甚至不知死活地出來散步。不過，能在船礁生活的龍蝦通常都很大了，有的大到一、二十斤，長到這麼大都沒有被吃掉，耀武揚威，情有可原。

從船礁回海面這一段過程，通常會覺得很漫長，一方面是因為在較深的海域中潛水，上浮時要很注意減壓，另一方面就像自鄉村中充滿野趣的外婆家度完假回到城市一般，又捨不得，又非得往前走。但只要想到又有一條曾在人類操縱下張牙舞爪、肆意獵殺海洋生物的漁船，在它廢棄後反而成了生機滿眼、洋洋大觀的魚族樂園時，就覺得天道循環，終還個公道，心中歡愉之情，又溢滿而出了。

——選自《人魚——我的水裡人生》（時報，2010）

瞰瞰海

這兩篇短文選自《人魚——我的水裡人生》，寫的都是沉船礁潛水所見與所感。

臺灣水肺潛水活動，近十餘年來才算較為普遍，作者曾任臺灣海洋生物博物館開館館長，是臺灣魚類專家，這兩篇選文，是作者三十多年前從事魚類研究時的特殊潛水經驗。那年代潛水裝備雖然簡陋，但無論〈撞見巨石斑〉這篇所記述的沿海，或〈再訪沉船礁〉所寫的外海，魚類資源與今日對比，如天壤之別。

〈撞見巨石斑〉中撞見大魚的驚豔，讓作者感嘆「雖然只是驚鴻一瞀，卻幾十年來歷久彌新」。經由探索而有此海面下的偶遇，如此豐富龐碩的魚類資源，確實長時影響了作者的心情和視野。〈再訪沉船礁〉寫的是深海探索，離岸海域，失去陸地依據，心情隨著視野茫然無遮，水底深不可測，身為魚類專家的作者帶領讀者潛入冰涼水下，「上下左右都是無邊無際的深藍」，讓人害怕徬徨又有所期待，由外圍漸漸深入船體核心，可是「天道循環」，看，群群疊疊繁複如熱帶雨林的各種魚類，生機盎然地攀駐在這艘曾經在海域裡獵殺無數魚類的漁船身上。

依海

一片蚵田，一雙手，
剝不盡海鄉兒女青春夢；
一艘漁船，一張網，
殷殷期盼討一個好年冬。
海啊！
我把全家人的希望託付給
你了！

福

鏢船上

／廖鴻基

出了港後，除了風聲、引擎聲、撞浪聲，我們不再講話，稍有經驗的鏢船漁人都能知覺這天風好水好，這天是鏢丁挽（白肉旗魚）的理想海況。

這時節風浪紛揚，船行顛簸，鏢船以三、四節航速沿著流界線在坑

凹大浪裡一趟趟徘徊，船上漁人分責任方位搜尋海面魚蹤。

鏢魚作業得從發現丁挽那一刻才算開始。發現獵物是鏢魚第一步，看見旗魚並讓船隻視線緊緊跟上是第二步，出鏢獵魚是第三步，最後，才是獵者獵物間透過鏢繩的拉拔。這一連串過程，無論風水再好，若看不見或看見而後追丟了魚，大海十分現實，要請丁挽上船，恐怕連機會都沾不到邊。

出港約半小時後，不如預期，半條魚影也沒看見，倒是發現我們南邊有艘鏢船的鏢手已經揭鏢（持鏢）站立在鏢臺頂。

「躂去！躂去！（下去！下去！）」不用阿池船長催促，我和阿丁早已一起躍下塔臺，衝上鏢臺。

那艘鏢船應該是看見丁挽了，只是暫時追丟了魚。這一刻，他們鏢手才會揭鏢候魚，等候這條他們發現的丁挽再次浮出。

這情況顯示，這條丁挽可能還在附近海域。

一般鏢魚的不成文規矩，看見丁挽，鏢手就位鏢臺，並以揭鏢來宣示，這條丁挽是我們先看見的。

儘管我們尚未看見這條魚，但衝上鏢臺後，阿丁立即反手抽出架在鏢臺邊的鏢篙挾在腋下。阿丁跟著揭鏢，這行動為的是告知鄰船，我們將參與這條丁挽的鏢獵。

北邊還有另艘鏢船，冒著黑煙快速朝我們衝來，應該也是看見我們揭鏢，趕緊衝過來，也許有機會分一杯羹。

但他們是慢了一步。

這條被兩艘鏢船等候，被兩艘鏢船期待的丁挽，沉不住氣似的，終於再次浮現。

這次，牠竟然就浮出在我們右舷側不到五十公尺海面。

我們鏢手阿丁先看見了，「丁挽、丁挽……」噴著口水，他迴過鏢尖直指海上丁挽浮出位置，如戀情高潮，阿丁一再激昂地喊著這條魚的名字。

警戒中的船長阿池即刻推倒油門，引擎躁急呼吼，像是突然被掐住脖子，煙囪汨汨冒吐烏煙，船身右旋傾側，朝這條再次浮出海面的丁挽衝了過去。

丁挽見我們衝來，飛快起步奔離，阿丁揭鏢指住丁挽游向，一邊大喊：「哇，干吶噴射機佇飛咧（游速快得像一架噴射機）。」

一陣衝刺，船隻右肩才稍稍迫近，丁挽左身一斜，飛速竄向左前。

我左臂平舉，掌心朝前快閃快擺，阿池船長會意左短舵急轉跟上。

先看見這條魚的那艘鏢船，不知何時虎虎已經搶在我們左舷邊，同樣冒著汨汨黑煙，與我們平行並進，企圖壓制我們，讓我們船隻無法再次大幅左舵操船。

我左眼眼角瞥見他們的鏢手已挺舉鏢篙，意欲搶先出鏢。

這條丁挽仍然飛速奔竄在我們船隻左前，他們船隻右前，約十數米外。這樣的距離恐怕還不適合出手，但阿丁不示弱，也將鏢篙舉上肩頭，宣示爭搶這條魚的強烈企圖。

結果如何，就看這條飛竄的丁挽來決定了。

如果牠繼續直行，兩艘船競比的是船速，還有就是誰搶得最佳角度、最佳出手時機搶先出手。

如果丁挽左偏，距離與射角均有利於鄰船，這條丁挽算是還給他們了。

若牠願意右偏，這條丁挽有七、八成機會被我們搶到。

當然，這條丁挽的游向如無可掌握的天意，除此之外，我們還得搶抓住隨時可能閃現也可能瞬間熄謝的短促出手機會。

兩艘船追一條魚，兩根鏢篙指住同一條丁挽，這情況下若機會冒出，阿丁不會有第二次出鏢機會，他必要一鏢中的。

兩艘船噸位相當，船速相當，這條丁挽竟懂得保持游速及游向，不偏不倚就游在兩艘船兩股殺氣的恐怖平衡中間。

這中間位置和距離，讓兩位鏢手若是匆匆出手恐怕不及，又兩船相倚相迫，一時間誰也無法追出個好角度好距離來出手。何況，萬一出手落空，等於就是將這條丁挽奉送給對方了。

兩方都是鏢魚老手，彼此都明白，冒然出手除非奇蹟，絕非上策。

相爭的躁動局勢，一時間竟然就這樣凝住了。

阿丁仍然舉鏢，他情急大喊：「菜頭（白蘿蔔）呢！我的菜頭呢！」

別以為這相爭緊要關頭，莫名其妙，阿丁喊菜頭幹麼。站在他身後的我，完全明白他的意思。我即刻彎身在腳邊摸到那顆每航次阿丁都準備在鏢臺上約莫拳頭大的這顆白蘿蔔。這可是真正的菜頭，做蘿蔔糕用的白菜頭。

這顆菜頭，阿丁當然不會是為了好彩頭而象徵性地置放在鏢臺上，這是一顆追魚時實用的菜頭。

毫不遲疑，我使力將手上這顆菜頭朝船隻正前偏右，拋擲出去。

小時候練過棒球，這一拋不輸給王建民。

準準準，當然不是擊中丁挽……

這顆菜頭，準準準恰好就落在奔游船前這條丁挽的右前方約一、兩米處。

菜頭質輕，海面輕跳了兩下，打了個水漂。

果然見效，這條丁挽游向果然稍稍右偏，朝菜頭落水處靠近了些。

而且，這架水中噴射機的游速，還因而頓點了一下。

菜頭這一拋，為的就是贏得牠這點偏向、這點停頓。

落在丁挽右前方的這顆菜頭，讓牠誤以為是一條小魚驚躍打出的水花。這顆菜頭，就是製造丁挽這剎那間的好奇和頓點，誘使牠游速稍緩且偏向對我們有利的右方。丁挽這停頓瞬間讓我們船隻得了欺近機會。

原本繃緊的這條弦終於露出破綻，這時，我轉車輪子般快速輪動我整條右臂，意思是催促阿池船長，不顧一切撐出極限讓船隻往右前爆衝過去。

引擎揚聲欲斷，這絕對有傷引擎，但整條丁挽在船隻這陣衝刺下，從原來有距離的褐紅色閃爍魚影，一下子乾鮮鮮的整條露出寶藍螢光浮鏢臺前不到兩米處。

阿丁把握了這硬湊成的時機點上，毅然出鏢。

——摘錄自《回到沿海》（聯合文學，2012）

瞰瞰海

鏢旗魚，正式名稱為「鏢刺漁業」，是臺灣東部海域的傳統漁撈。東部海床深邃，黑潮靠岸，將西太平洋大洋性生態推靠近東部沿海，帶來了較大體型的浮游性魚類；旗魚就是其中一種。本篇選文描寫的就是海上鏢旗魚作業。

鏢旗魚是傳統漁法，除了船隻結構和推進引擎，漁獵過程中並不依賴現代化儀器或設備，是一場較為公平的人、魚搏鬥。船隻出了港後，漁人不再閒聊，專心一意搜尋海面旗魚蹤跡。旗魚游進時經常將鐮刀樣的尾鰭鰭尖切出海面，鏢船漁人以眼力、以經驗來發現波浪湧盪中旗魚切出海面的尾鰭。發現獵物後，漁人吶喊，引擎嘶吼，漁人各就戰鬥位置，整艘船將化作一把利劍，刺向海上奔游的這條旗魚。

本篇散文所摘出的這一段，描寫兩艘鏢船競爭同一條旗魚，兩船相逼，與獵物形成一場平衡僵持，接著的得失輸贏，全繫於無可掌握的天意，或者當剎那間閃逝的機會出現時，鏢手是否掌握先機出手，並且得一鏢中的，「萬一出手落空，等於就是將這條丁挽奉送給對方了」。

整個過程幾乎全是動態描寫，步步緊迫，將這種即將消失的傳統漁撈留下文學紀錄。

老漁翁黃金山

／楊政源

黃金山，好名字！許多人都會這樣稱讚他，不過，這輩子他多數時間都待在海上。這也不怪他，六十多年前，國府辦理戶口登記時，不懂國語的父親與不懂臺語的承辦人在雞同鴨講的對話中，把排行老三的「黃添三」誤登為「黃金山」，一輩子的誤會就這樣產生。

今年已高齡七十歲的黃金山，掐指一算，可以粗略知道他是日治時期出生、光復後成長，一甲子的討海經驗，臺灣近代漁業全在他臉上的皺紋讀出來。黃金山的討海生涯可以說十四歲從港仔漁港上的竹筏——沿海漁業開始，接著是南方澳、基隆的近海漁業起飛，到日本的遠洋漁業，再重返嘉義、臺南的近海漁業後，因為一點「十分有趣」的事又回到起點港仔的沿海漁業。

現在，他仍每日健朗地在清晨出海捕魚，午後在院子裡手腳並用地補網。

和西部當時多數的港口一樣，在黃金山少年時，港仔也是以「竹管仔筏」為主要漁撈載具，沒有自動機具，全部都是人力：用手划、用手櫓、用手撐。當時港仔和九棚的筏仔都放在現在用來飆沙的港仔／九棚大沙漠，但和其他村人不同，黃金山在二十來歲時決定和朋友遠赴南方澳討海。一九六〇年代的南方澳鯖魚事業十分熱門，並形成一條龍式的產業結構（從捕撈、加工到銷售），所以船公司需人孔急，四處招兵招馬。

抓鯖魚大概都在南方澳東北方的海域，屬近海漁業，通常船隻出海後快則一日，慢則一週即回。由於時代因素，彼時還保有炸魚法，所以出港前漁船都多多少少會夾帶一些火藥，這是公開的祕密，掌管港口安檢的警備總部人員，對於日常出入的漁船不會刻意刁難。哪裡知道船東的兒子招惹仇家，船東所屬船隻都被人告密私藏火藥。有一天出港前的例行性檢查，警備總部人員竟地毯式地搜查，找出五顆火藥。黃金山因此進了平生第一次，也是唯一一次的牢房。

黃金山回憶，五名船員進去後，就被一一隔離問訊，問他們：火藥從哪裡取得？還有沒有未找出的火藥？火藥有沒有用在顛覆政府、破壞社會秩序方面？……黃金山不過是個受雇於人的小小船員，位處權力與資訊的末端，哪裡能被套問出什麼有用「情資」？但可別忘記，當時可是戒嚴時期，警備總部如同東西廠的錦衣衛，關人刑人殺人可用不著什麼特別理由。什麼也不知道的黃金山最後仍然被囚在拘禁室裡一天一夜，後來，還好船東請出另一位警備總部的高官來「關心案情」，才讓船員們全身而回。

被關在拘禁室時，黃金山滿腦子想到的都是莫名失蹤人口的故事，當時真的以為自己死定了，手腳直打哆嗦，連走出官衙時都還是全身發冷顫抖。

事後，他與幾個船員都辭了工，離開南方澳來到基隆。一開始仍是在鯖魚船，後來就加入跑日本海、跑北海，抓秋刀魚的遠洋漁船。一九六〇、七〇年代的秋刀魚，一尾可以索價幾十元，幾近於一般人的一日薪資——當時一包菸才兩塊五毛！

漁貨不貲，船員的收入當然也不錯。那時，單身的黃金山在南方澳，在基隆都有逗陣的（女友），可惜也壞在自己不愛惜羽毛，都有「二奶」了，還在基隆港口的風月場所和人爭風吃醋，打傷了在地角頭，基隆從此再也沒法子待下去。

在那個臺灣漁業的黃金年代，一個有經驗的船員其實不怕沒工作。他搭車南下，到東石、到布袋、到臺南安平……有名的港口都待過。最後，在一艘臺南籍的船上，因為守夜的船員睡著了，讓一整張價值數十萬元的漁網被海流沖走，遍尋不著，在船回到臺南安平港後，船員就一哄而散，只留下船長自己去面對船東。

怕被索賠而不敢久留的黃金山，連夜南下，路經枋寮港時，買了一架農用曳引機的引擎，託車城新街仔的朋友改裝成漁筏引擎，雖然陽春，但已經是整個港仔漁港第一隻裝引擎的筏仔哩！當時還是裝在竹管筏仔上的呢！

花了近十年，繞臺灣一圈回到故鄉的黃金山，似乎也找回了自己的魂，從此定居港仔，落葉，生根。

這艘機動拼裝的竹管筏仔讓黃金山打遍港仔無敵手，著實紅了一段時間。中山科學研究院旭海基地設置時，在周邊四處招募約雇人力，港仔庄也有許多人都轉行去「吃頭路」（上班）。但那時中科院（公務員）的薪水偏低，一個月才一、兩千元，黃金山根本看不上眼，他說：「我一個月就把他們一年的薪水收起來了，吃頭路沒路用啦！」

甚至在一九八〇年代港仔庄流行養蝦、養虱目魚苗時，黃金山也不為所動——他想不通，大海裡能免費抓的，為什麼要花錢養？或許是這種知足、敬天的心，讓他避開了成為泡沫經濟中的最後一隻老鼠。

雖然不慣朝九晚五、不慣岸上的工作，不過，他倒是十分樂於每年幫中科院旭海基地的飛彈試射架設標靶。「連筏帶（人）工，三天三萬元，不過分啦！反正魚蝦今天不抓明天還有，多一天給它們活，咱們也多一天可以賺！」黃金山樂觀地說。

說是樂觀、敬天，但問到信仰時，黃金山難得地出現靦腆的笑容。他不好意思地說：「筏仔不像船仔一出去就好幾天。通常筏仔一天出去一次，甚至兩三次，不會有人每趟出海都去拜神。若有（拜拜），就是頭前那座土地公廟。」不過看黃金山的表情，顯然平日無事是不會上三寶殿的；拜拜，可能比初一、十五還少些。

或許，專心補網的黃金山，更相信自己的雙手。一甲子的討海歲月，全靠他一雙手張羅；從屏東的東海岸出發，繞了臺灣一圈，竟仍終返原點；經歷過臺灣漁業的黃金期，如今從黃金期的絢爛，再次回歸平凡；一生從事過沿海、近海與遠洋漁業，晚來，還是駕著一葉小筏，從故鄉的港仔漁港出港。

清晨，東海岸的晨曦未露，在港檢所辦完例行手續後，老漁翁黃金山又要再次駕著扁舟出海，手握在筏後機動機的控制閥上，黃金山回頭看了一眼港仔村的燈火——六十年來他老了，故鄉也變了，不老不變的，是這片海。他知道，當他開到預定的漁場，下網前，第一道晨曦將照亮他的筏。

——選自《海藍色的血液》（遠景，2013）

瞰瞰海

作者以極富節奏感的輕簡筆調，從當地小小漁港出發最後繞一圈回來原點，從傳統沿海的小小管筏到遠洋漁船……短短篇幅寫了一位七十餘歲老漁人的海海一生。

本篇選文記述的儘管是黃姓老漁夫的個人經歷，卻是寫下大海相連相通是個相當不同於安穩陸地的生活領域，那年代的討海人，哪裡有魚哪裡去的，一艘船跳過一艘船，由沿海而近海而遠洋，生命起落恰如風浪波折，比起游牧或遷徙走得更漂泊；他們是一群漂泊海上的獵人。

爭風吃醋、坐過牢、逃亡……老漁人黃金山繞一圈回來，回到自己村子，回到小小漁港，回到小小管筏上，回到自己最熟悉的家鄉海域捕魚。這篇文章彷彿在宣告漂泊的討海世代已經結束。

靠海吃海，臺灣漁業發達，不同年代有不少漁人進出大海，除了豐富漁產也留下豐富多元的漁業文化。這一代討海人，經歷與見證了海島截然不同於陸地生活屬於海洋這領域的生活點滴，透過訪談、資料蒐集，不一定得「海上文章海上寫」，他們就是現成的海洋文學題材。

來去蚵鄉

／賴鈺婷

從大理石椅上，起身。鎖門的那一瞬間，我突然意識到母親已經不再年輕了。此刻，一整日疲累勞苦的父親鼾聲正甜，母親趁著夜色出門。一切都是我自幼以來再熟悉不過的情節。

我想像著母親先去巷仔底等七嬸，然後幾個穿著塑膠鞋戴著手套的

女人就這麼踏街似地穿過芳漢路。堤防上，遠遠的三兩人影拎著各自的工具，逐漸向海灘靠攏。

沙灘上的蚵寮，會有燈泡映照著女人們的臉，也會有蚊子嗡嗡飛舞，女人們就散落圍坐在蚵椅上，專注地工作著。

「鋟蚵仔，是要技術的，不小心是會皮破血流的。」有一年暑假，我跟著母親出門，拿著以前阿嬤在用的「鋟仔」，嚴嚴實實戴著帽子口罩手套，穿著長褲襪子，為的就是怕夏夜海灘上噬血的蚊子。母親仔細教我鋟仔的握法，另一手如何握著蚵殼，施力的角度、力道等等。我笨拙地握著鋟仔，滑溜的蚵殼頻頻不聽使喚地掉到地上。我根本沒想過會這麼難，不過是個木頭柄配上指頭般尖長的一片鐵刀啊，我竟拿控不住，不出十分鐘，施力的虎口已僵硬顫抖。窗架上吊著的蚊香熏得我頭昏腦脹，母親在旁邊頻頻提點：從蚵殼的尾股刺下去，對，然後，整粒翻開，用刀尖把蚵仔從中間劃下來。笨拙地完成一顆，顫巍巍學母親順勢用刀尖盛著蚵肉丟入眼前的鋁盆。一整夜，我和一屋子的姨嬸婆媽不斷做著重複的動作，眼球痠乏乾澀，十隻手指像是被水燙傷那樣，一碰即痛。

清晨時分，漁民來收貨。各人管著自己的鋁盆秤重。一斤十一元。一桶桶新鮮蚵仔被放上鐵牛車準備運往大市批發，我看著母親疲憊的神情，看著她手上握著的溼軟鈔票，看著自己一雙錂不到百粒蚵殼卻顫抖痠疼的手。原來她是這樣把我養大的。

成長過程中，我只去過蚵寮一次。面對母親邀約，我總是裝睏、顯累、示乏。這麼辛苦工作一夜，賺一張疲軟無力的鈔票，是需要精神毅力的。我做不來。可是母親不說累、不倦乏。只要哪家欠蚵工，暗暝她也去。

父親也沒閒著。他通常是晚間看完漁業氣象後就回房睡覺，隔天一早天還未亮，就駕著「排仔」巡蚵棚去了。

「養殖蚵仔的過程，親像養子，苦心粒積，才一點大。蚵民攏同款，辛苦賺的錢，就像鹹水潑面，有得呷，不得剩。」面對觀光客，高職畢業的父親，常常為鄉民鄰人代言。

相較於鍓蚵仔，我比較喜歡和父親搭著排仔去蚵棚。起初母親總不肯我跟，怕幼小的我栽到海裡去。我央著，用軟軟的童音跟父親撒嬌。父親在母親怒目的注視下，允許我一同出海。我興高采烈，一整夜睡不著覺，等著父親黎明時分的叫喚。天一亮，我迅速起身穿上達新雨衣，套著雨鞋的腳把磨石子地跳得踢躂響。父親幫我覆上頭巾，戴上帽子、口罩、手套，我被包裹得如同冰天極地裡的小雪球。事實上，那天父親叔伯們要做的是「寄蚵苗」，整個人下半身都得浸入冰透的海水中，過於矮小的我根本不能插手，只能坐在排仔邊看大家工作。

排仔上一大落待綁上椿的蚵串。這些蚵串是請人代工趕製的，他們通常在空蚵殼上鑽洞，然後八、九個一串等距綁在塑膠繩上。舉目望去，清晨透亮的海面上到處是沉浮其中的蚵民，穿著色彩各異的雨衣，人人一把蚵串在手，滯緩步行於水中。

我暗想著，海水浮動中，蚵苗將順勢黏附殼上。十條一綁的蚵串穩穩固定著蚵殼。然後再過幾週，叔伯父親會再齊聲吆喝：「該分蚵嘍。」這些已寄生且初長成的蚵苗將會一串串分別被綁上樁柱，隨著海水的挪移律動緩緩吸食浮游生物，然後長得肥大鮮美。

像是農夫需要天天巡田，寄苗完畢，大多數的日子裡父親仍得日日浸一回海水，「巡蚵棚」。在蚵仔長成的過程中，時時得守護著：蚵架是否被海水沖散了？蚵仔的生長速度、樣子對不對勁？棚底是不是纏繞了漂流物？最重要的是，還得像農人抓麻雀般，蚵民得經常浸身在海水中抓「蚵螺」以保護蚵仔。蚵螺，是吸食蚵仔的害蟲，抓不勝抓，好處是蚵螺的肉質也很鮮美，可以烤來吃，抓得多，可以賣。

父親和村子裡大多數的蚵民一樣，長年骨頭浸水，風溼得厲害。自小就跟阿公入海的大伯甚至腿骨變形，「一入海水，雖然隔著雨衣，寒氣猶如萬蟲鑽骨，咬牙抽痛。總說一句，這是漁村的命。」

民國八十五年，全國文藝季開拔到這小漁村。當時到臺北念大學的我，回鄉接受解說員的訓練。

「富麗漁村，王功甦醒」的旗幟鮮麗招搖，在岸邊堤上樹立著。我帶著絡繹不絕的民眾，參訪這生長了二十年的小鎮。竹管屋、海寮、福海宮、龍泉井、日日穿梭在芳漢路上，帶著饕客吃蚵爹、枝仔冰、買花生油、蚵螺肉。我驕傲地跟遊客講：「這是我家的蚵田！」

能夠向眾人侃侃而談家鄉的物事，就算是英雄嗎？這個文藝季，讓我們這些離鄉遊子自各地回返，然後，長串的鞭炮一放，鑼鼓喧天中，遊客來了。新聞報紙說這漁村是西海岸的瑰寶，左鄰右舍姑嫂叔伯開大嗓門說話，整個王功燒起來一樣滾著熱鬧人聲，我在眾人的驚嘆聲中粉墨登場，成了看似瀟灑的英雄……。事實上，到外鄉讀書後，我和多數的王功子弟一樣，連自家採蚵時都不曾浸身下水，更別說是跟著老輩們四處當蚵工了。連錂仔都握不穩的我，如何能理直氣壯地說自己是海鄉兒女，說漁村的滄桑與溫柔、傳統與傳承？

此刻，母親應該已經在蚵寮工作了吧。而我，剛從臺北返回久違的家，整夜窮極無聊地轉著選臺器。多年來，母親早就不再邀我了。鎖門後，我不禁想像，暗夜海潮在沙灘上來去湧散，蚵寮裡，收音機傳來一陣陣哀怨歌聲，母親微佝的身軀蹲坐在蚵椅上，雙手不停地動著……。

——摘錄自《中國時報》（2004.11.12）

瞰瞰海

「蚵仔煎」，如同「夜市」、「小吃」，是無人不曉代表臺灣社會的幾個詞。這些年來透過社區營造、農漁村改造等風潮，讓一般社會大眾有機會從口腹之需，進一步提升到生態或文化層次的了解。彰化王功，就是個典型的例子。本篇選文作者為王功子弟，也因緣這波「富麗漁村計畫」成為帶領民眾認識王功的解說員。

最好的解說員就是深刻融於生活的在地居民。同理，能將養蚵漁村生活作如此深入描寫，都因為作者述寫的是自己最熟悉的家園。漁村婦女們天未亮前就得出門前往蚵寮「鋟蚵仔」，賺取微薄工資；漁村父兄們，從寄蚵苗、分蚵、巡蚵，幾乎天天得搭乘管筏出海，天天得浸泡於海水裡工作，「養殖蚵仔的過程，親像養子，苦心粒積，才一點大」；這些都是富麗漁村背後的真實血汗。

本篇文章最大張力出現在末段，作者以親身經歷再以對比方式，呈現「連自家採蚵時都不曾浸身下水……，如何能理直氣壯地說自己是海鄉兒女，說漁村的滄桑與溫柔、傳統與繼承？」

漁鎮的孩子

／林文義

父親的船還沒有返航，澳內空曠出一大片平靜而泛著些許油汙的水面，幾隻白褐相間的水鳥靜靜佇立在灰色的塑膠筏上頭，水鳥也和孩子們一樣，在作一次等待嗎？將視野擲遞向逐漸有些黑雲湧漫開來的海平線……。

孩子們在長長的防波堤上追逐著，並且大聲相互嚷叫著有關烏魚群

的事——整個漁鎮的船隻已經出去兩天了，孩子們的父親，那種急促卻充滿希望的神色，使孩子們，包括孩子們的媽都十分堅信，這次的烏魚期必定會有非常豐盈的收穫；孩子們總是嚷著：「烏魚來了，烏魚來了。」

這是每年入冬以後的大事。漁鎮的人們平時閒散的心頭都在此刻，十分激動地悸動了起來，因為烏魚群來了。數百萬尾的烏魚從北方抵達我們的南島西部，它們渴切地尋找溫暖在攝氏二十一度左右的海床，要將他們肥滿的腹裡的魚卵壓擠出來，以延續烏魚家族的生生世世……。

水產試驗所的探測船十萬火急地通告南島所有的漁船，有關烏魚到達的消息，所有的漁船都聚集在南島西部的海上。漁夫們屏息以待，睜著一雙雙黑亮的眼睛，緊緊盯住波濤洶湧的海面，如果海水由青綠轉為紅黑，那就是大群的烏魚來了。他們粗礪的雙手微微顫慄地抓緊著巨大而堅牢的網，今年的冬天，就看這群烏魚的了。

孩子們開始急躁不安了起來，有兩個孩子因為某種爭辯而相互鬥毆著。那是因為大一點的孩子說，萬一父親他們的船誤過了烏魚群過境的時刻，怎麼辦呢？另外那個子小一點，穿著紅色毛衣的孩子猛然回過頭來，厲聲地指責他說：「你怎麼可以說這種話？烏鴉嘴！」一就這樣起了爭執。小的被大的狠狠捶了幾拳，哭哭啼啼地跑回去，要向他的母親哭訴。大的一點也不在乎，他找了一堆白色的漁網，然後坐了下來，心裡不住地叫喚著——爸爸的船快快返來，爸爸一臉掩不住的笑意，滿船一籮籮肥大的烏魚……。

是去年此時吧？寒冷凜冽的季節風吹起，父親的船出海去，父親一臉紅光，興奮地告訴孩子及孩子的媽：「今年，我們會有一個很好的年冬哪！」兩天以後，許多滿載的漁船陸續地返航，進澳時，船上的汽笛交錯響個不停……去年，的確是一個好年冬，烏魚豐碩地堆滿漁會充滿海水腥味的拍賣場。父親捧了一大堆錢，數了好久好久。

海平線那端的黑雲，形貌愈來愈是詭譎可怖，翻滾地漫過海面過來……波濤也變得猙獰了許多。而今年多麼異樣的，凜冽的季節風竟然不那麼冷！父親出海之前，憂心忡忡地說：「這種忽冷忽暖的天氣，敏感的烏魚們是會有所猶豫的……如果今年，烏魚失約了，那該怎麼辦？」

黑雲幾乎占據了整個海面，海水變得黑濁並且急促極了，波濤凶惡襲擊著長長的防波堤，發出那種低沉並且含糊不清的吼叫聲。孩子焦急地站起身來，想要離去，卻又不捨地留住自己的腳步，想像著此刻，父親穿著雨衣，和他的伙伴正將網吃力地拉上船——哇！滿網的烏魚！孩子想到這裡，不禁露出一抹欣慰的笑意……。

而水產試驗所的探測船精密的儀器再次告訴殷殷等待漁船們，海水的溫度回升，烏魚群轉向的消息。

——摘錄自《作家與海》（立緒，2011）

瞰瞰海

被稱為烏金的烏魚群，信而有約，年年冬季後自北而南，洄游接近臺灣西南沿海，儘管這時節北風呼號，海況並不平穩，總是一年一度的重要漁汛，也是臺灣海峽沿岸漁村重要的漁獲收入。這時節，漁船紛紛出航圍捕洄游經過的烏魚群。本篇選文描寫的不是海上漁撈追逐，而是當船去港空，漁村落寞得彷彿失去依據的等待情景。

海上作業辛苦，但留在陸地上的漁人家屬，無不希望船隻豐收，希望海上平安，若得若失的不安等候心情如是折騰。作者文字簡單但畫面清晰：水面泛著些許油汙的空曠漁港、佇立的水鳥、防波堤上奔跑嚷著烏魚來了的孩子。簡單兩筆就點出了漁村殷殷等待船隻歸來的情景。

捕烏魚的文章，當然要補些烏魚基本資料，烏魚生態以及水產試驗所的漁汛資料。其中，作者甚為高明地安排了兩個孩子的一場爭執，不著痕跡地呈現了等待的不安。最後，以異常的詭譎烏雲，以孩子父親出航前憂心忡忡的話語，對比過去的豐收場景，今年的可能狀況似乎早已埋下幾許未知的陰霾。那等待的心情，那漁獲一年不如一年的焦慮，本文作了綿綿不絕的呈現。

忘情哈瑪星

／張郁國

往返於旗津和渡船口的船隻在
泛著金黃色的海面上，劃過一刀又一刀
白花花的碎浪。不同於海面的單純，正當日夜交替時
的天空被夕照渲染得格外複雜，從土黃、金黃到淡藍，夾雜灰色的雲層
是適合入詩的。

我像不動的岩塊，內裡卻波濤湧漫，人之所以為人，就是如此不定、如此幻變，靜靜的一個人，讓思緒自由，逃離固定的航道，在茫茫然的海洋仰天擁抱黑夜的降臨。

被蝕掉一角的月娘不知何時已懸在海面上，一艘艘的漁船慢慢地駛回港口。「嗚！嗚——」嘹亮的笛聲回盪在雲彩與海水間，傳入耳膜，是撼動心跳的頻率。

大船入港啦！幾隻流浪狗沿著岸邊覓食，海鳥也逡巡在輪船周圍。一幅港都的日落印象，相信會讓莫內在這兒流連忘返，畢竟畫裡不純然只是風景，並描繪出港都的工業、文明、城市休閒活動所帶給人的安逸與幸福感。

從小就在這個海洋都市成長，雖住在郊區，但假期的休閒依舊如時下年輕人一般，往資訊發達的高雄市跑。偶爾心思紛亂之際，會在一齣午后的電影散場後，買杯咖啡，騎上伴我三年多的機車，從十全路疾駛到鼓山區，或許喚她「哈瑪星」更為貼切吧！

彷彿一眨眼，騎入時光隧道，身旁是一條興建中的軌道，無數的工人忙碌搬運磚土，一條鐵道貫穿歷史，一百年前運輸著日本帝國的經濟，運輸著殖民地的無奈……而「哈瑪星」本是日語發音，如今物換星移，留下的只剩回憶罷了！

沿著路旁統一格式的商店招牌騎下去，街道雖有點老舊，色調不如十分鐘前的景象鮮明，卻如徐娘半老，風韻猶存呢。一群裝扮時髦的男男女女，染著金髮，女生細肩帶的上衣與熱褲散發熱情與青春，夾雜一陣歡鬧的嘻笑聲，響在炎炎夏日的午后，此時正適合去「海之冰」點盤超大碗的水果冰消暑。

看到他們彷彿看到自己也在那群車陣中，身後的她溫柔地貼著，那一段時日，我倆總是形影不離，在黃昏，在月下，細數天邊的星子及過往的回憶，然而，她卻成為我的回憶。

思潮如海浪一波接著一波不斷拍打岸邊。

來到一座休閒廣場，一臺小型貨車停在廣場旁，賣黑輪的小販慵懶地坐在車旁的板凳上，等待生意上門。我把愛車立在一旁，走了進去，試圖在此沉澱她的笑顏，卻不經意地望向那張椅子，一對戀人正耳鬢廝磨，訴說彼此的情意。

再把視線拉向其餘的椅子，均坐滿啦，於是往海的方向走過去，頓時胸口一陣翻騰，為何無法忘懷呢？

一根根的釣竿整齊斜倚在欄杆上，我索性在一塊水泥地上坐下來，加入釣客的行列，當然，他們投以異樣的眼光，畢竟我背著書包、拿罐咖啡，既無釣竿，穿著打扮也稍嫌體面，根本不應該出現在這裡的，不過海裡的魚兒才是主角，很快地，他們又集中注意力在海面搖晃的浮標了。

相對於自己喝的咖啡，在我身旁的三位釣客們是一起灌那瓶啤酒，幾杯黃湯下肚，燃起菸，在吞雲吐霧之間，聯繫彼此的感情，他們有共同的嗜好，不約而同地聚在港口，聊聊昨天哪位政壇人物說了哪些話，或事業上遇到的阻力，情緒較為激動時難免操些三字經，但在這裡，生命的河道有了出口，一切在生命轉角所累積的挫折與不順遂，均可在此讓大海帶走，釣客們不只是釣魚而已。

其中一位大哥的老婆買四枝雞蛋冰走了過來，大家聊得更開心，還不時地虧那位大哥的老婆。

突然，「在拉線啦！在拉線啦！」最左邊那位大哥趕緊轉動搖桿、收線，一條在半空扭動約八公分身軀的小魚，因貪食而被釣離海面。

「哎！是隻小的。」

「放回去吧！」

又把釣線換上另一隻小蝦米，釣竿用力一甩，「咻」一聲，小蝦米如坐雲霄飛車般，在空中飛了一個完美的弧形，被甩入海中，雖回到自己的老家卻歸不得，只能等著當下一尾魚的午後點心囉。

浪變大了，撞擊岸邊激起的浪花，濺到鏡片。一艘載滿杉木的大船離港而去。

「那些杉木裡都藏著蜥蜴呢，我曾一次在港口抓到一隻一呎長的，抓回家養，起初餵牠食物還被那長長的尾巴掃到手臂。到後來，牠已知有食物可吃，用手指玩弄牠，也不會反抗……」

許久都沒有魚兒上鉤，剛剛釣到小魚的大哥說些經驗解解悶。此時，載滿杉木的大船慢慢地縮小在壯闊的海面上。鼻息之間的微腥味，還透溢出男性的情義，一種高雄人的海派，代表高雄人的在地精神，就在這兒。

當大樓、漁船的燈光映照波紋，在海面蕩漾，告訴我夜已悄然降臨，海港伸出臂彎，靜靜擁抱。

對岸的旗津，入夜後最亮的是二十四小時便利商店的紅、綠、白三色招牌，跟繁華如沸騰鍋爐的高雄市區相比，是遜色許多，但四百多年前孤懸島外的旗後，是海港文化的濫觴，也曾有過風捲雲湧的一頁，在旗津，老一輩的人會自豪地說：沒有旗後的開發，哪來今日的高雄港！

而如今卻只能拖著老邁的步伐，被歷史的洪流淹沒……

離我三公尺處，一位年輕的爸爸帶著約三、四歲的兒子來釣魚，爸爸把自己的心肝擁在懷中，教小孩捲回釣線，小男孩似懂非懂地照著捲，而父親的眼神凝注在遠方的海面，天倫之樂洋溢於臉上。

我在哈瑪星看這世界不停走著，燈亮得很自然，一切是那樣的安詳。

——摘錄自《第三屆海洋文學獎》

瞰瞰海

哈瑪星，是日語鐵道「港口線」的意思，如今泛指高雄市鼓山一帶臨港區域。這裡，曾是高雄政經中心，是港都高雄發展的源起地。後來由於市區發展東移，相對於現代繁榮，哈瑪星是逐漸沒落了。

作者從黃昏著手，描寫劃割波痕於斑斕海面的渡船、返航的漁船、入港的輪船，寫的是景，卻隱隱帶出「近黃昏」的感嘆。接著，回頭書寫哈瑪星街道即景，簡單幾筆寫下時尚的現代遊客佇足於傳統空間的特殊哈瑪星街景。時間是流動的，繁華和沒落之間拉拔，曾經擁有和已然失去的，只能藉由回憶來串接。最後，作者的眼光回來並停留在高雄港第一港口航道北側的碼頭廣場，哈瑪星或說港都，這位置確是河道與航道的出口，「一切在生命轉角所累積的挫折與不順遂，均可在此讓大海帶走」。作者有感於港邊釣魚人的對談，或有些粗獷、粗俗，但此情此景，作者聽出「鼻息之間的微腥味，還透溢出男性的情義，一種高雄人的海派，代表高雄人的在地精神」。

夜色降臨，繁華已經走過，作者以停停走走的哈瑪星歷史情懷，寫下最後的港邊夜景，「一切是那樣的安詳」。

探海

船跡划過海面，何曾打開心眼細看？
潮汐、沙洲、海鳥，
消波塊、漂流物、工業區，
美麗與醜惡的交會，
掘出生命力的活潑與強韌。

臺灣的海防重鎮

／陳素宜

夕陽就要沒入海中，黑暗即將統治世界；這時候，卻是一天當中陽光最為耀眼，雲朵最為燦爛的一刻。小朱他們班的畢業旅行行程，就在這麼美麗的黃昏，來到臺南市區非常出名的旅遊勝地——億載金城。

「哇！真的是名副其實的金城呀！你看，一片金光閃閃的，好特別喔！」

小朱大驚小怪的聲音，同班同學們早就習慣了。但是另外一個人的話，就讓同學們全都抬起頭來看了。那是一向不開玩笑的班長，他也說：

「原來就是這樣金光閃閃的，才會叫作億載金城啊！」

真的，全班都被這美麗的地方迷住了。夕陽的光芒，穿過隨著海風起舞的防風林，亮亮晶晶的光點，在城牆上四處跳躍。這座城，看起來就像金色的一樣！

「拜託一下，好不好？什麼金色不金色的，等太陽一下去，就變成黑色的啦，那是不是要改名叫黑城？那個金哪，才不是指顏色，它指的是黃金！」

將來長大打算賺大錢的大胖，最不喜歡同學們這樣一副浪漫的樣子。他覺得這裡很有可能是以前的人埋藏金銀財寶的地方，所以才會叫作金城。

「你們看，那邊就是大海了嘛，說不定這裡正是海盜們藏寶的地方喲！」

大胖愈說愈相信自己的推測是正確的。可是小朱卻笑他財迷心竅，動不動就想到黃金。

大胖不服氣，兩個人你一句、我一句地吵起來了。還好，邱老師也下了遊覽車，過來看看怎麼回事。

「天哪！你們這樣吵到天亮也不會有結果的。我們先四處參觀一下，說不定可以找到答案喔！」

老師的話一說完，全班同學一哄而散，急著四處找答案去了。

小朱先往城門衝，他發現要到城門還得先過一座橋才行。橋下的河，看起來怪怪的，他卻又說不出來是哪裡不對。

「這條河是特別挖來保護城堡的，叫作護城河。」

邱老師也走過來了。她看小朱直往河裡看，就這樣跟他說。小朱這才注意到，這條河真的是繞著城堡走的，河道跟城牆一直保持著差不多的距離。

「嘿！小朱，你快……點過……來！我說得……沒錯，這裡……一定是……埋黃金的地方。」

大胖氣喘噓噓地站在拱形城門下，叫小朱過去。原來他在小朱看護城河的短短時間內，已經用衝刺一百公尺的速度，在城堡的內圈跑一遍回來了。

「你看，這裡面有五座大砲，一定是為了消滅來搶黃金的敵人而建造的。」

小朱順著樓梯爬上較高的一層，他發現整個城堡像個五角形的星星，在五個突出去的地方裝了五座大砲。這些大砲真是為了保護金城裡的黃金而設置的嗎？小朱不知道自己該不該相信大胖的說法。

「大家都到這邊來坐吧！」

是邱老師叫大家過去，她說要揭開謎底了。小朱說的不對，大胖猜的也錯了！億載金城有一段轟轟烈烈的歷史呢！邱老師在出發之前，針對這次旅行要參觀的各個地方，都蒐集了相關的資料，現在正好為大家上一上歷史課。

清朝末年，西方各國派遣船堅砲利的船隊到東方來，對衰弱的滿清朝廷予取予求。看在剛剛振興的日本國眼裡，他們也想從中國得到一些好處。日本國的第一個目標，就是臺灣！

「同治十三年，發生了牡丹社事件。日本人以琉球漁民被臺灣原住民殺害為藉口，發動軍隊進攻臺灣。清廷派了沈葆楨到臺灣來主持大局。」

「我知道！我知道！我剛剛還看見他呢！」

老師說的故事被大胖打斷了，本來大家都不想理他，可是大胖的話實在是太離譜了，每個人都轉頭狠狠地瞪著他。一百多年前的人欸，大胖真是吹牛不打草稿哇！

「不是啦，我是說，我是說我剛剛還看到他的銅像。」

大胖吐吐舌頭，趕緊跟大家說清楚。邱老師被他逗得笑出聲來，好一會兒才繼續說：

「為了紀念沈葆楨，這座城堡裡確實有一座他的銅像。其實，這座城堡就是他為了鞏固臺南的海上防衛力量，抵抗虎視眈眈的日本人而建造的。這裡設置了五座大砲，城外有護城河圍繞，城裡還有存放糧食、兵器火藥的地方，以及伙食房、兵房，算是規模很大的堡壘。完工以後，他還親自在城門題了『億載金城』四個字，希望這座城堡能夠固若金湯，不會被敵人打倒，幾千幾億年之後，仍然屹立不搖！」

「固若金湯是什麼意思呀？」

唉！又是大胖。

小朱不耐煩地說：「那是一句成語啦！就是很堅固的意思嘛！平常叫你讀書，你不讀，現在後悔了吧？」

「堅固就堅固嘛，為什麼要說金啊湯啊的？」

這次大胖把小朱問倒了，他真的不知道為什麼用金湯來表示堅固。還是邱老師來解危：「金，是說像黃金一樣堅固；湯，是說像熱湯一樣燙，都是讓敵人攻打不下的意思。所以億載金城，不是金色的城，也不是埋著黃金的城，而是堅固的城！」

這堅固的城堡，後來有沒有擋住日本人呢？好學的班長，迫不及待地請邱老師說下去。

「沈葆楨在臺灣的那段時間，日本人確實沒占到什麼便宜。可是億載金城建好的二十年後，這裡卻成為臺灣人與日本人抗爭的最後一個據點。」

邱老師說到這裡，停下來好一會兒。剛剛還在西邊，把城堡映照成金色的太陽，已經完全沉入海底，不過天色還是很亮。夏天的傍晚，在太陽休息之後，總還是要亮上好一陣子。

「甲午戰爭之後，清廷把臺灣割讓給日本。臺灣人民抗議不成，清廷還是派李鴻章的兒子李經方為代表，在海上跟日本人辦理交接。於是臺灣人民推舉唐景崧為大總統，成立了臺灣民主國。日本人當然不肯放棄臺灣，他們先從基隆外海進攻，打算從淡水登陸。但是受到岸上砲火猛烈攻擊，後來改在澳底登陸，從背後攻進基隆。沒多久，在北部的臺灣民主國政府就被日本人打敗了，剩下南部的黑旗將軍劉永福領軍和日本人對抗。他們最後的據點就在億載金城。那年十月中旬，日本人的軍隊有的在布袋口登陸，有的在枋寮登陸，再加上由北南下的近衛師團，三面夾擊臺南，後來他們還派軍隊在打狗、安平的外海警戒。最後劉永福逃走了，臺南附近有一些戰鬥發生，直到十月二十一日，日軍攻進了臺南市。從此臺灣全島都在日本的統治之下，時間將近五十年左右。」

原來，這裡還有一段這麼轟轟烈烈的大事！可是現在除了大砲之外，草木扶疏，風景優美，就像一般的觀光勝地一樣，實在看不出它的地位曾經那麼重要。這裡為什麼不像以前那樣有重兵駐守了呢？

「一方面是安平港口已經淤淺，軍艦無法在這裡登陸；更重要的是，現在的作戰方式，不像以前那樣以艦隊為主，所以這裡在軍事上已經不再那麼重要了。」

邱老師說到這裡，天色已經完全暗下來了，真的有點像大胖說的「黑城」啦！同學們回到遊覽車上，準備到旅館住宿。

不像前幾站那樣，大家吃吃喝喝，打打鬧鬧；四處走馬看花，看完就回旅館洗澡睡覺。

這一次，小朱在遊覽車上，一再地回頭看靜靜站在暮色中的億載金城，心裡想的是造城的沈葆楨。沈葆楨知道當初蓋來抵擋日本人的大砲臺，最後還是被日本人統治了五十年嗎？如果知道的話，他心裡怎麼想呢？他知道當年的海防重地，現在成了觀光勝地嗎？知道的話，他又怎麼想呢？

小朱為自己對「金城」的解釋，覺得有點不好意思，大概有人聽了之後，在旁邊掩著嘴巴偷笑吧？不過應該比大胖的說法要好一些吧？不管如何，他決定下次要去什麼地方之前，一定要先蒐集當地的資料，才能像邱老師一樣「讀萬卷書，行萬里路」嘛，不會再像今天這樣鬧笑話啦！

——選自《海洋的故事》（聯經，2000）

瞰瞰海

本篇選文以學生畢業旅行為場景，以師生互動描寫臺南安平億載金城的一段臺灣海防歷史。

臺灣群島以一千五百公里海岸線面對開闊大海，海島形勢自然開放，開放產生流動。生物藉由海洋傳輸，使得臺灣生態十分多元，人文歷史亦是如此。原住民、漢人於不同年代陸續經由海岸進駐，成為目前海島上的主要居民；之間，還有許多外族入侵、占領及在此殖民統治的插曲。臺灣四百年歷史，可說是建構在海岸穿梭間。新舊族群互動所產生的壓迫、衝突、流血、戰爭，甚至屠殺，無論血腥殘酷，無論幸或不幸，流動的結果確實造就了豐富多元的海島文化。億載金城，見證了這些過往。

清廷、日本、臺灣民主國，沈葆楨、唐景崧、劉永福，作者以輕鬆的方式，描述億載金城如何成為「臺灣人與日本人抗爭的最後一個據點」，娓娓道出臺灣情勢由防守、失守、棄守過程中一段嚴肅而悲傷的臺灣歷史。

這篇選文告訴我們的除了海島歷史故事，也告訴我們海島的先天情勢與宿命。相對於發生於臺灣海岸攻守的豐富歷史，以這領域為主題的文學作品並不多見，是個值得關注且大力發展的海洋文學領域。

挖子尾潮汐

／吳德亮

很難想像小路蜿蜿蜒蜒穿過漁村重重疊疊的古老屋舍後，一大片蒼鬱的紅樹林和退潮後溼黏黏的灰白色沙灘會突然出現眼前。

瀉湖和沙丘分據兩側，與身後叢叢簇簇的黃槿構成的防風林恰好送作堆，圈起一片天然的生態保護區，乾扁而黯淡的標示牌就這樣孤零零

地站立風中，遊客留下的餐盒、空罐頭什麼的則散落四周，不時且有大聲叫賣蚵仔麵線或燒肉粽的流動攤車穿梭其間，在空蕩蕩的沙灘上顯得突兀又刺耳。

諷刺的是櫛比鱗次的摩天大樓就在對岸的淡水，隔著出海口冷冷俯視汙濁的河水和漂流物；陽光且漫不經心，把大樓巨大的陰影一股腦兒全投射在粼粼水面上。

這裡是淡水河最最寬廣的水域，頭戴斗笠的漁婦在河口海邊激起的淺淺浪花中採集貝類，岸邊則有小孩在一旁嬉鬧。大大小小的舢舨隨侍在側，鮮紅的新漆在陽光下閃亮著白色的大眼，那是臺灣北部漁船特有的圖騰吧？

不遠處三兩隻大白鷺時而飄舉雙翅掠過輕輕水痕，時而漫步駐足舞動細長貞白的旋頸，且不時發出「嘎——嘎——」的叫聲；想係午餐已在潮水乍退之時用畢，對周圍橫行亂竄的大眼蟹居然視若無睹。

路旁有颱風留下的小塘，碎雲正撥開蘆葦在水面洗臉，偶有來自西伯利亞的紅領瓣足鷸優游其間。漁家私自以木樁與漁網架設的小小魚塭跨越瀉湖與淺灘，但似乎無阻於成群的濱鷸，牠們跳上跳下或躍或飛，追捕啄食沙灘上不及逃竄的蟹類或浮游生物，有時也會轉頭鼓舌，發出悅耳的鳥語。

作完周遭環境掃瞄與巡禮，他取出笨重的腳架和大型鏡頭，換上雨靴，腳步則隨著右側方聒噪的幾隻黃足鷸和東方環頸鴴走近。潮水顯然已經開始上漲，水深淹過腳踝後地面已愈發泥濘，雙腳踩在溼軟的泥質灘上漸感吃力。但啁啾的鳥鳴卻令他無法放棄，直至實在無法走動時方才停下。

他開始專心地對焦測光，伺機捕捉來自北極圈的嬌客追逐捕食的畫面，只見不遠處彷彿穿著黃色絲襪的黃足鷸正聚精會神，自泥沼中掘出驚魂甫定的招潮蟹，俐落底撕去螯腳後一口吞食。精采的食物鏈劇情反覆上演，強烈地吸住鏡頭的焦點。

凝住瞬間的舉動神態，快門馬達連續「喀喳喀喳」的聲音明顯打破了午后的寧靜。不過他使用的是八百加倍即一千六百厘米的超大望遠鏡頭，距鳥兒尚有一段距離，未曾驚擾到與他同樣專心的鳥們。

弱肉強食的遊戲停止以後，他測出另一邊啁啁唧啾啾的方向，悄悄移動了相機，觀景窗內東方環頸鴴黑亮的大眼珠正凝向鏡頭，絲毫未曾察覺他急切而喜悅的表情。

空氣中有些透明的冷，陽光明顯地游移，水面上大樓凌亂的倒影逐漸模糊，且泛起金黃陣陣的粼光。他警覺到潮水上揚的速度，正想移動腳步，這才發覺河水已淹至膝蓋，雙腳彷彿陷入混凝土般抬不起來了。

他有些驚惶，旋即想起友人在曾文溪口為拍攝黑面琵鷺不慎將鏡頭落水的窘境，先護持腳架上的器材，並奮力舉起已經十分沉重的左腳，未料「霍」的一聲，腳是拔起來了，雨靴卻彷彿生了根，不動明王似地留在泥沼裡。一股潮潤潤的涼意頓時透過腳底往上爬升，溢向他微微恍惚的腦際，反而使他感覺清醒不少。也罷，只要能行動即可，當右足以相同方式舉起時，左腳仍須使盡全身力氣方能稍稍移動。

小孩在另一頭的沙質灘上，正歡喜地穿梭在幾艘擱淺的舢舨間採集寄居蟹，並不時揚起沙鏟向他微笑揮手，而他仍陷入溼地裡無法動彈，先前的幾隻東方環頸鴴此時已避開上漲的潮水而停棲在擺盪的舢舨上，啁啁地叫著跳著，彷彿在嘲笑他的不知及時勇退。

小學畢業投考初中前夕，阿爸引述報上刊載的驚人慘聞：甫獲保送前二志願的幾名北市應屆畢業生，與老師相偕赴野柳戲水，在退潮時深入淺灘而忘返，俟發現海水突漲已不及回頭而慘遭滅頂。斯時阿爸要他千萬引以為誡的嚴肅表情突地湧上心頭，低頭一看，水竟已淹沒膝上約巴掌高了。

水深將及腰，底下泥沼反而不似先前那般黏人。他蹣跚地緩緩移動雙腳，將相機鏡頭腳架一起扛在肩上，顧不得殘存的泥漿沾汙大片衣服。並盡可能以腳掌感觸泥底的硬軟，作為下一步踏出的方向。如此漸行漸近，總算脫離困境，回看水面上，已全部呈金色了。

赤足走回乾燥的沙質灘，小孩驚覺地問他雨靴怎麼不見了，待看清楚他臉上、身上半溼微乾的汙泥點點，兩人都忍不住「噗哧」地笑了起來。他很想將剛剛被困在舉步維艱的險境中掙扎的遭遇說出，順便作機會教育，一如小時候阿爸對他的諄諄告誡，但卻遲遲沒有說出口。因為就在同時，成群有序的濱鷸正從沙丘的一端忽地閃出，寧靜無擾地自眼前翩翩然飛越河口，在淡水落日的幽幽潮囂中掠波而去，令他眼追心隨，久久不能自已。

離去時小孩極有默契地將採集來的蟹類一一放回沙灘，鳥們多半已經回家。接近滿潮的水面上騷動逐漸加劇，淹沒了小小魚塭，只剩下露出的木樁點點，像是饑餓的眼睛，等待明日退潮後為漁家留住不慎闖入的魚兒。

打開車窗，剛剛幾乎將自己吞噬的泥質潮間帶已全然不見蹤跡，彷彿稍早的不愉快且已隨著證據的湮滅而一筆勾消。

取出底片送沖，完成的幻燈片在影幕上一一放大，黃足鷸吞食蟹類的連續動作精采重現，東方環頸鴴黑亮的大眼珠則在凝視中充滿了生之禮讚，這是他以往所從未察覺的。小孩看著看著，狐疑地問他何時何處拍得，「我們怎沒看到？」黑暗中他拭去臉上的冷汗未嘗作答。彷彿剛剛歷劫歸來的大冒險家，正心虛地檢視尋得的寶藏吧？明天，他還要再去一次。

——選自《德亮散文集——永遠的伯勞鳥》（河童，2000）

瞰瞰海

場景是海岸河口一處生態保護區，溼地生態豐富，吸引許多候鳥駐足。本文敘事簡潔，描寫一位賞鳥者，為了拍鳥，深入退潮後的泥灘地觀察拍照，不料漲潮時，發現兩腳困陷泥地。

作者筆調清淡，對這片河口保護區先做了方位素描：城市邊郊，對岸摩天大樓巨大的陰影就映在水面；遊客留下的餐盒散落四處、流動攤販偶起的叫賣聲；採貝的漁婦；小孩和舢舨。文字鋪陳的舞臺，多種鳥類入場，或啼鳴或覓食樣貌繽紛。然後，攝影者走進這幅畫裡。

因著迷於觀察及拍攝，輕忽了漲潮的威脅，潮水淹過腳踝，漫過膝蓋，鞋子還深陷在泥地裡。文章主要是描寫河口溼地生態，但文章張力卻是撐在涉險拍照這部分。作者父親曾提醒他，退潮時深入淺灘而漲潮時來不及退回的危險，當棄鞋脫險後，作者也很想傳承經驗似地告訴小孩方才的險象。回來後檢視出乎意外的精采照片，好比冒險家歷劫歸來換得的寶藏，雖然一身冷汗，但是，知道危險在哪裡就有能力避開危險，於是，作者說，還要再去。

一種通過的儀式

／陳列

那是春分前後，整整一個月，我們沿臺灣的海岸航行，整整一圈，坐著借來的一艘名為多羅滿的二十噸賞鯨船。

海水洶湧。我們幾乎每一天都在出發和離開，但也每天都靠岸回來。一個港接著一個港。這些港口，好像是旅途中一個又一個的驛站，

或像是進出的門戶。我們整個月一直仍在熟悉的自己的疆土內，不曾跨越至另個空間或文明，不是去遠方的異地他鄉。特殊之處，只在於我們每天都在往返跨越意味著隔閡和阻絕的海岸線，以沿岸的水域為路徑，以生活空間狹小的船隻為交通工具，在洶湧的海水間衝濺前行，孤立移動，在永遠起伏不定的空曠而神祕的海洋，一個長期以來對絕大多數人而言彷似禁地且令人畏懼的海洋。三十天裡，我們一直沿岸航行，一再地從不同尋常的海的方向接近我們的島嶼，看見和到達我們的島嶼，發現不同的港口、船隻和漁民。入港時，堤防上的紅燈塔在右，白燈塔在左，報關，通過安檢，然後靠岸。出港時，報關、通過安檢，紅燈在左，白燈在右。

確實我們並沒有走遠，也不是在旅行觀光；我們在自己的疆界內巡視。我們好像是自我禁錮在一座大族屋內好多年好多年之後，終於踏出門限，帶著些許的歡欣、憂傷和疑惑，腳步躕躇著，在戶外寬闊的庭院裡走了一圈。第一次，我們終於可以從戶外的角度看到這一座住屋多樣的外觀、方位和若干曲折變化的轉角處，見識了大自然的神奇力量，歲月的滄桑。斷崖，岩礁，三角洲，鼻岬，灣澳，沙丘，階地，等等，面貌形態特質，都很不一樣，但都是我們的海岸。我們靠近著它走過，當在東部的時候；而在西部的沙質海岸外，我們的多羅滿號也盡量保持離岸三浬內，即使有時霧氣彌漫，或是鋒面將至，風雲變色，難以看清楚岸邊的景物。

三十天，都是這麼過。

彷彿是一種儀式。

這一趟旅程的意義，或許就是這樣子的吧。通過某種儀式，通過一些禁制和阻隔，通過一些他造和自造的恐懼和疏離，通過屬於我們自己卻又完全陌生的水域，發現和體會一些訊息，並且盡量留下紀錄。

海水洶湧。

我這一趟出海時，其實原不曉得自己是不是有什麼追尋。後來在海上，有時風雨交加或是每次經過鼻岬，船身劇烈衝撞震盪，有時難得海流溫和，船卻依然不停搖晃，我坐在下層甲板的桌椅邊努力地寫筆記，時而抬頭望著永不歇止的波浪和不遠處的陸地，時而聽見一樣永不歇止的引擎聲水聲風聲，這些時候，逐漸地，我似乎很快就會和起伏的海水取得一個相應契合的節奏，輕盈自由，而那不斷的晃動顛簸，則有如一種令人愉快的篩動洗瀝，喚醒一些心思，並且讓一些心思逐漸沉澱下來。這些時候，我彷彿可以知道了若干海洋、水流、潮汐的祕密，時間的祕密，土地的祕密，以及，漁港生活的祕密。

——選自《臺灣島巡禮》（聯合文學，2005）

瞰瞰海

本篇選文選自二〇〇三年黑潮海洋文教基金會執行「繞島計畫」後的集體創作《臺灣島巡禮》的序文。

這計畫由一群人一艘船從花蓮港北向出航，一個月後從臺東返回花蓮港，這計畫以實際行動圈起臺灣的新海岸線，計畫主要目的在於宣示，海洋是海島居民當然的生活領域。作者全程參與繞島計畫，除了這篇序文，書中也留下以航行日誌寫下的數篇文章。

一種通過的儀式，通過「一個港接著一個港」，「往返跨越意味著隔閡和阻絕的海岸線」……短短一千多字的序文，作者以「通過」和

「儀式」兩個意象，將航行通過沿海換個角度看臺灣的新位置、新視野、新體驗做了探索式的感嘆，也將這計畫想要突破的限制，做了輕巧但有力的呈現。

臺灣過去視海岸為疆界，以海岸線為生活範圍的終止線，諸多戒嚴年代的禁制思維，仍限制著我們的海域活動。這計畫、這本書、這篇序文告訴我們，行動加上文學紀錄，突圍的力道有如航行時船艏破浪。

繞島日誌

／曾永平

　　輕盈的膠筏，搖搖晃晃地渡出河口，猶如身陷十里迷霧般，船隻在剩餘不到三百公尺能見度的視線範圍內踽踽獨行。目前我身處臺灣西部沿海，這是長年居住在東部的人無法感覺與體會的經驗——濃霧、滿布眼簾的蚵架、一望無際的養殖區、綿延無盡的沙洲，若非深諳當地海域環

境的當地討海人，怎可能正確地引領著船隻穿梭在這座海上的迷宮。

因為天候因素的影響，能見度極差；我們只能夠倚靠船長對於當地海域的熟悉，穿梭在蚵田中。海中滿布棚架，吊掛著的不只是一粒粒等待發育的蚵仔，更是蚵農含辛茹苦的結晶。從蚵種的挑選、蚵仔的培育、到每日的出海巡視、修繕棚架等，我們所穿梭的不僅僅是饕客盤中的美味佳肴，而是蚵農一年的希望與寄託。看著半身浸泡在海水中的蚵農，彷彿看到了臺灣無限活力的另一章。我回頭對偉立及老廖說：「這樣一望無際的蚵田與如此的漁業方式，若外國朋友看到一定會大為讚嘆吧。」偉立說：「記得從空照圖中看過臺灣中南部海岸的狀況，如今親臨現場，只能用嘆為觀止來形容。」

我們如同行進在中南美洲沼澤地帶的一支游擊部隊，東張西望地探索廣大藏密的雨林；不同的是，這是一座分布在海上的廣袤蚵棚。濃霧取代了瘴癘，蚵架取代了巨木，一群海岸記錄工作者帶著攝影機與相機，記錄著這屬於臺灣西部的活力海岸。

船隻平穩地行進在迷濛的海岸叢林中，船老大丁先生小心翼翼地穿過一座又一座的蚵棚，高超的轉彎與閃躲技巧可以媲美一級方程式賽車手。看著眼下一根根微微露出水面的柱頭，船上的伙伴從上船的興奮轉化成謹慎的寧靜，深怕一不小心船身絆到了柱頭，造成船隻的損傷。看著船老大將船走走停停地崎嶇前進，本以為他也跟我們有著同樣謹慎的心情；怎知回頭一瞧，竟然發現船隻停停走走的主要原因——他不斷地在講著行動電話，跟謹慎小心根本八竿子打不著邊。

航行約莫一個半小時的時間，船長告訴我們，前方有一個淺灘，上面有許多野生的文蛤。於是大家興奮地紛紛脫掉身上的救生衣，撩起褲管，脫掉涼鞋，信步地走在沙洲與海水的交接帶。不知名的海草，海鳥的腳印，鷗科動物的羽毛、伙伴的足跡、海水漫流所造成的特殊沙紋地景，交織這塊退潮時所浮現的突升洲風景。認真的嘉慧，學起當地婦女拿起蛤刈（剷文蛤的工具），有模有樣地為張羅我們的午餐而努力。其他伙伴，跟著船老大學習如何在沙洲上以眼睛辨識沙紋就能掏挖文蛤的特殊技法。回到船邊，匆匆地吃過午餐後，我們繼續往外傘頂洲進發。

踏上外傘頂洲的那一刻，腳下踩著蔚藍的海水，頭上頂著呼嘯而過的F16戰鬥機，首先映入眼簾的還是一座座的蚵棚。遠遠地，有一大群鷗科的鳥類，排排站地彷彿等著迎接我們的到來。船老大看到牠們，不禁笑稱：「啊，是海雞母鳥啦。」就這樣，我們一行十個人踏上了一塊隨時在變動的移動沙洲的最南端。

沙洲上非常多漂流擱淺的廢棄物，大多是人為的漂流物；免洗碗筷、維士比瓶罐、廢棄魚繩、漂流竹椿等；這裡沒有我們想像中的浪漫與美好，反而有點令人震驚於他的雜亂。遠從大陸來的玻璃浮球，意外地成為我們收集的目標。玻璃浮球獨特的外型與晶瑩剔透的玻璃材質，是早期漁人傳統的浮球材料，但在塑膠浮球普及後，便紛紛地被取代了。如今，卻在外傘頂洲南岸的沙灘廢棄物中大量地出現；船老大判斷這應該是大陸漁人目前尚在使用的主要浮球。

我們每個人手上拎著、手臂抱著、腳上踢著，個個滿載而歸地帶著綠色、藍色的玻璃浮球回到船邊。忽然間，斗伯喊我：「永平啊，海豚出現囉！」我一個箭步跑向前去，橫在我眼前的是一具早已風乾的鯨豚屍體。連忙呼喚從事鯨豚生理分析的偉立前來，於是跟老廖、Saga等四人，開始努力地在這隻早已無法辨識的海豚身上搜尋些許的蛛絲馬跡。從已經腐爛的背鰭，初步排除了露脊鼠海豚的可能性；從突出的嘴尖看來，又排除了侏儒抹香鯨之類的可能性；在觀察牙齒與其他相關特徵後，偉立推測有三種可能性；瓶鼻海豚、飛旋海豚或白海豚。確實的結果還需要後續的比對與分析，才能夠確切清楚詳細的種類與年齡。

忙了一陣之後，偉立帶著二十一根牙齒與些許的骨頭回到船邊。大家對於在此趟繞島航行中第一次看到海豚竟然是如此的情形也感到莞爾。

回程，船長採了沿外傘頂洲外側北上的航線回港。通過了洲上最富象徵意義的外傘頂洲燈塔及許多蚵農臨時搭建的高腳工寮。想像在變動的沙洲上生活，隨潮水的進退而作息，讓我不禁想起國際級的度假勝地NUSA DUWA，可能也不過如此罷了。

從外傘頂洲望向陸地，漂浮在海面上的蚵棚遠遠看起來彷彿像是密密麻麻的古式戰船，一艘艘嚴陣以待地防守在進港回航的路上。彷彿回到了三國時代草船借箭的歷史現場。堤岸外呈ㄇ字型交叉的消波塊層層堆砌在雲林的海岸線上，繼麥寮工業區占去了他們的海岸後，雲林五十五公里的海岸線還繼續地面對著工業化與水泥化的威脅。溼地與沙灘正迅速地消失中。

乘坐在筏身如水的輕盈膠筏上，遠眺海岸，數以萬計的消波塊外型酷似高舉中指的水泥巨人，粗暴、驕恣、無情、冷漠、晦澀、灰暗，它占領了我們原本溫柔的海岸，而且，箭頭向內，隔離了我們和海洋的距離。回頭告訴老廖：「給它們取個名——『法克（fuck）海岸』。」

——摘錄自《臺灣島巡禮》（聯合文學，2005）

瞰瞰海

這是二〇〇三年繞島計畫中，一段由雲林金湖漁港航行到外傘頂洲再折返的航程，文章記述作者一群人於航行途中、登上沙洲等沿途的見聞及感想。

濁水溪，臺灣最長的河川，因夾帶大量泥沙水色混濁而得名。出海之後，於河口南部水域形成沉積作用，累積形成臺灣沿海最大的沙洲——外傘頂洲。外海沙洲如同湧浪屏障，護守了與本島間大片平靜的內海淺水水域，此一環境適合養蚵，區內蚵架、蚵棚密布，是臺灣主要蚵仔養殖區。在此水域航行，作者形容，「如穿梭於海上迷宮……只有當地船長才能辨識方位和航線」，作者以自東部海域經驗，對比如此東西大不同的海域景觀，感嘆道：「真是嘆為觀止」。

原期待沙洲是離岸仙境，但沙洲上處處是漂流垃圾，除了臺灣本島漂來的，也發現有些是外海長途遠漂而來的，甚至還意外發現一隻擱淺已久的不知名海豚。回到本島沿海，又見識了離島工業區以碩大水泥消波塊堆疊起防禦工事般的水泥海岸。

快速消失的外傘頂洲，壯觀的牡蠣養殖，快速水泥化的本島海岸，一趟航行，呈現起落不定的景觀以及作者的深刻感觸。

樂海

遠方的海面蠢蠢欲動，
是海神的信差捎來佳音嗎？
鑽出一個翻滾，轉身一個弧形
跳躍，
彷彿是一個人的領地。
踩著浪頭試探能耐？
徒手划舟勇渡廣袤的未知？
還是潛入水晶宮，享受慢活的
節奏？

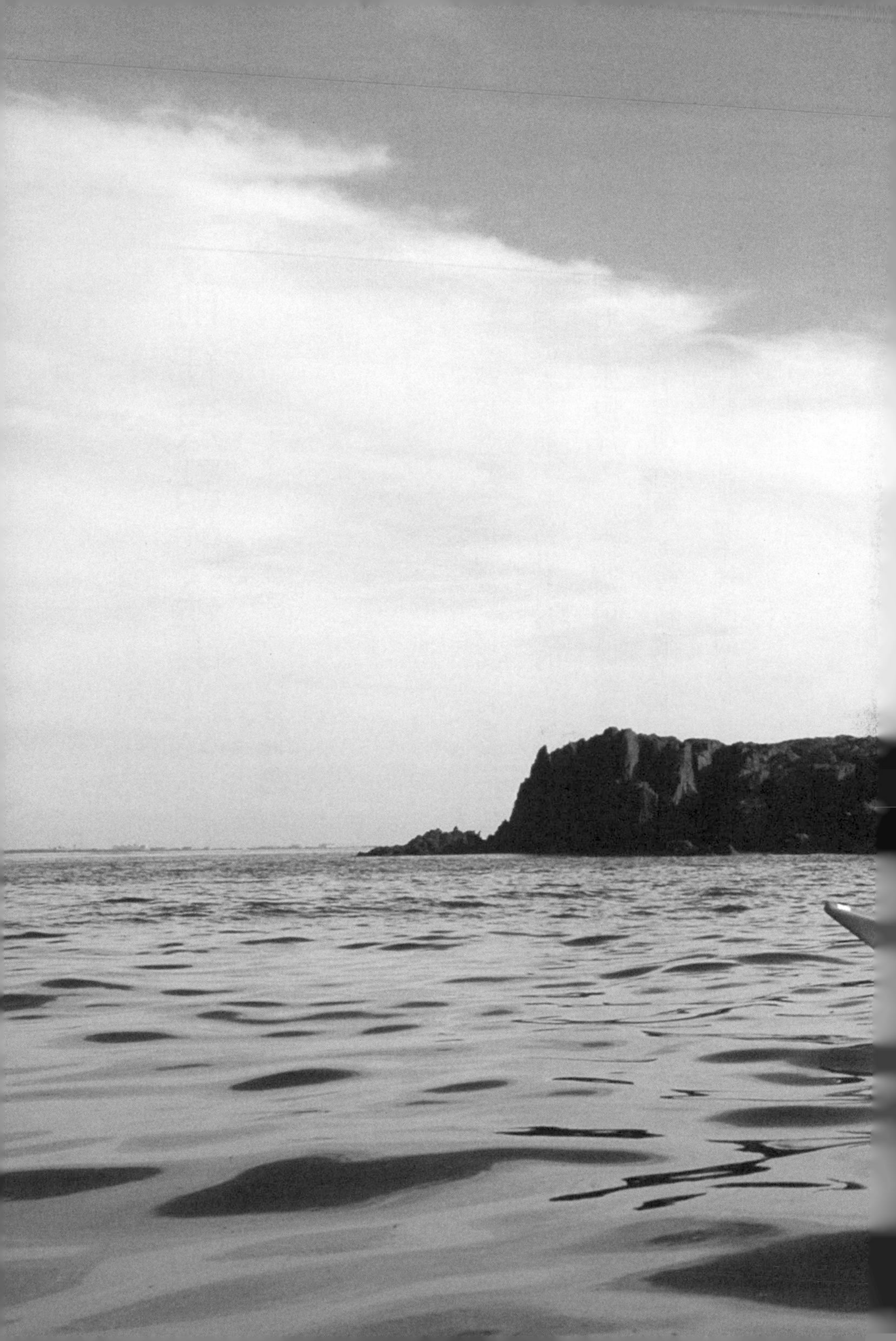

前往浪點的途中

／吳懷晨

在我還沒有開始衝浪，還沒有摸過浪板，見識過浪人之前，最初吸引我的，是在雜誌扉頁看到的一張照片，一張北國衝浪的圖像。白靄深埋的大地旁，海濱蕭瑟，大雪紛飛之下，群浪仍陣陣襲來。在臺北的咖啡廳裡，我忖想，在那兒下浪的海人，該是如何孤寂的心境呢？

我幾乎是被最初的，那個關於北國浪點的圖像，型構出這幾年來衝浪的旅程。而逐漸地，被心中的悸動，帶領我，引導我，而走向這島嶼南端的終點，太平洋的海濱的，故鄉漂流的最後一站。

那一天，就要出發，前往浪點的途中。我們拆掉最後一層的座椅，九人座的福斯小巴，車面斑駁，有些烤漆早掉了，在微光下生鏽的車面熠熠生光。有點要小學生出發遠足的心情，幸福與期待寫在臉上。喔，搖晃晃的九人巴，雙腳前翹交疊，最好的乘坐姿態。有一個那麼悠長的下午，我們仨，出發前往浪點的途中。

來一口啤酒，有點昏熱，在車廂內蒸溫的啤酒，讓我們血液流動，讓我們增溫到車內空氣相協調的微醺的熱度。來一點風，來一趟搖晃晃的九人巴。搖晃晃的山路，在隱藏的山丘裡起伏，緩緩地轉進，繞出，下探，又上爬，車子旋律輕盈地像首老古巴bolero的情歌。方向盤把前檔玻璃轉向正對太平洋的位置。深藍色的太平洋，巨大地橫梗在我們的瞳孔裡。

轉進九棚村，轉進浪點。抵達浪點的第一步，看海，以一種人類學家愛分類的心態。

「不錯。」湯哥說。

「嗯，我也覺得不錯。」其餘兩人點點頭。其實我們說的只是廢話，做的比說的還快，邊說邊在座位上就脫起上衣，擺脫太陽眼鏡跟啤酒的束縛。恨不得早點衝下海灘。

大家都是有經驗的浪人了，其實只要望向大海一眼，海潮資訊馬上了然於胸：下午三點一刻，浪況八十分。順湧，Offshore break（注1），左跑浪（注2），浪頭一人高。退潮中，六點最乾。海風，吹「徐徐吹來，吹過所有的全部」的太平洋的風（胡德夫，〈太平洋的風〉）。陽光雨下陰翳，室外溫度攝氏二十九度。

一個平凡的下午，平凡到一個灘頭該只有三個人的下午。世界只剩天與地，地中有海，海上有三人。卸裝備，浪板下車，板襪脫離。上蠟，上蠟是為了增加摩擦力。鎖Fin（注3），上腳繩。做完伸展運動，就準備下海去了。

平整的海面，划出外海還算容易。衝浪的第一步就是要學會划水，一般來說，下浪點都在海灘外五十到一百公尺遠，而趴在浪板上，用雙手划行那麼遠的距離其實是累人的，尤其在風浪過大的時候，還要無動力徒手橫越一道道洶湧而來的巨浪。今天的海是墨綠色。細雨已經下了三、兩天，烏雲罩頂，慢慢落下的細雨，點滴起海面千百個漣漪，波浪沉默湧起，一道道刻畫成靜語的阡陌，整個海面成了緩慢起伏的水田。

我們很快划出外海，定點集合，排排坐，偌大的海面只有我們三個小黑點。等浪的時間不用太久，浪一波波地來。也因為沒其他人，所以就像下餃子一樣，排隊輪流丟下浪。等浪的時間不用太久，浪一波波地來。完美的衝浪動作是：只要在浪緩慢將襲前，定心，轉向趴板，持續划水增速，屏息以待，當浪侵襲接觸到浪板尾端的那一刻，頓時會將浪板拱起，靠著海面高度的落差，瞬間，浪板將會衝出，成功完美的一道浪。

今日的浪形很美，浪拱到最高點後，持續破碎前進，形成了典型的長浪。所以在順利起程之後，就可以快樂地乘風破浪好久，左轉、右轉，走板，前行，又後退，哈，摔倒。九棚是個極讚的浪點，一道長浪的距離，從外海一路衝回來就是百公尺；可以在板上大動作玩浪，也可以發呆，放空，直挺挺的如海面上的巨人站立而回。不過我們都還沒有練成雙腳丫（Hang Ten）的絕技，很少人知道他們穿的這個品牌出自衝浪術語，即浪人在滑行途中成功地走到最前面的板頭，而雙腳挺立的足跡；想像一塊九呎長的浪板，在運動的過程裡，能站在最前頭的位置而保持平衡破浪急馳，的確是一件不容易的事。

幾十道浪的下午，墨綠色的海，小燕鷗不時在一旁掠食，時而急衝，時而又被海風牽扯將要帶走，在激動中呈現出相互拉扯的靜。玩累力乏的時候，就在海面上隨意漂流。

當細雨洗刷天空，天際線放晴，視野就不知不覺可以延伸到汪洋的太平洋的更遠處去，越過無聲的黑潮，十點鐘方位，在面對著浪頭左方的三十角度，紅頭嶼，焉然出現。

大地的黑漸漸逼近天際了，下完浪的傍晚，弓身的浪者在浪點上再一次環顧他的海灘。黃赫色的雲彩更遠彷彿往更上面的高空飛去，將暮色召喚。大地無人，唯浪人孤身地，趕在黑暗吞噬大地之前，再次巡視著他的領地。這樣的下午在這樣的浪點過活，不止是生命源源的動力，也是若干年後，美好的回憶。

而每一個下完浪的傍晚，我總一個人站在橋頭，浪點的瞭望站上，四望。當暮色漸漸襲來，一波波覆蓋而上的浪，幻麗如紫如橘紅色的絲綢。當聲音一點一滴從世界中抽離，只剩下一波波湧起，復又波碎的破浪聲。海潮之歌——世界只剩純粹的音素，最純粹的那些音素。

為什麼有個感傷的夜呢？在面對太平洋的日子裡，我不斷想起這些。穴居的原始心靈，在無盡的長夜裡，火光炙熱了野獸脂肪香氣恣肆時，古老的人類，在篝火襲人的長夜裡，在海濱坡地的洞穴中，是如何面對這些古老又恆常如新的元素呢？海潮聲、鹹溼的風、椰汁、野味，與愛人的甜膩的肌膚？是否也跟我一樣，有如此傷感的夜呢？

太平洋包圍著我們的島，當大雨傾瀉而下，就把我們的島和太平洋都緊緊包圍了起來。然，不論我如何的傷感，歲月如何地老去，浪還在，海還在，我幾年來不斷踏上的旅程。因為，太平洋——是沒有記憶的。

——摘錄自《浪人之歌》（木馬文化，2013）

注1：Offshore break，陸風碎浪。Offshore，指風由陸地往海面吹，相反則Onshore，風由海面吹往岸邊。當群浪由外海推進時，若恰好風向由陸地吹向湧浪，風會頂住崩潰的海浪，海浪將完美崩潰。

注2：衝浪手站在板子上滑行海面時，若由左方衝向右方，稱之為右跑浪；反之為左跑浪。

注3：Fin，板舵。如同船舵一般，通常裝在浪板尾端，以利浪板划行時平衡並掌握動向。按不同板類，裝設支數從一、三、到五支舵都有。

瞰瞰海

因為海洋遊憩活動並不普遍，前面〈人魚——我的水裡人生〉述及的潛水，或本篇的衝浪，都是臺灣少見的海洋活動書寫。

為何出發？為何背離繁華來到島嶼邊緣？是的，為了轉換，為了轉換心境，為了暫時離開擁擠競爭的城市和人世，這群浪人（衝浪人），來到海島感覺遙遠卻近在身旁的海邊。作者告訴我們，如「浪人」的弦外之音，當衝浪者來到海邊的心情，接著，介紹衝浪裝備以及衝浪要領，教我們觀浪，「下午三點一刻，浪況八十分，順湧，Offshore break，左跑浪，浪頭一人高，退潮中，六點最乾」，原來那從來不曾停歇的拍岸浪濤可以如此透過觀察並進一步剖析。

在這懼海、畏海的國度，不少人將海洋活動視為「吃飽太閒的冒險行為」，事實證明，海洋活動頻繁的國家往往溺水意外事件發生的頻率也就愈低，這說明了，不接觸、不認識將更為危險。

當一個人，獨自面對湧浪和捲浪，不只是觀看，浪人必要和這股天然力密切交集，因此必要進一步面對、觀察、判斷、處理，而後才得以享受乘浪的快意。或許可以說明，為何浪人常讓人覺得高貴而孤獨。

獨木舟沙特與西蒙波娃

／張祖德

第一座小島：大倉嶼（二〇〇二年三月二日）

《聖經．創世紀》：「起初……大地是空虛混沌，……上帝的靈運行在水面上……」。

當你在天藍海青的海上輕撥著槳，獨木舟安靜地劃過水面。微風徐徐，許多小魚不經意地跳出水面。水面因太陽的映照而金光閃閃，此刻從心中一湧而上的狂喜，我想只有親身體會才能感受。所以當許多人問我怎不買動力船隻時，我總是懷疑，伴隨著那樣的噪音和欲嘔的柴油汽油味，怎麼能體會到那種狂喜？怎麼能感受上帝？怎麼能擁抱自然？

這是獨木舟「沙特」與「西蒙波娃」的首次處女航，目標是馬公市北方海面約五公里，澎湖灣內的小島——大倉嶼。

中午11:30我們到達觀音亭，先把獨木舟輕輕放下水。接著穿上防水裙和救生衣。防水裙，是一片大大的、有著鬆緊彈性的防水布料做的裙子，可以整個套住座艙口，以防止海水打進座艙。

第一次穿裙子不免笨手笨腳，穿好後還得調整肩帶，然後再穿救生衣。接著拿出浮力袋和汲水幫浦，放在前甲板上，用甲板繩繫牢。浮力袋是一旦翻船，救援用的必要裝備。汲水幫浦，則是排除座艙內積水的工具。

拿著槳跨進座艙，先把踏板調整好。踏板是用來控制獨木舟的尾舵，也就是控制方向用的。所有出發前的準備工作都完成了，是不是得鳴笛出港了？扣上防水裙，隨著沙特搖搖晃晃漂離岸邊，此時我的身體與獨木舟結為一體，再大的風浪也必須一同面對。看著她流線的身軀，我輕撥著槳去調整划水的角度，以及尾舵的方向和靈敏度。這是我頭一次出海，自己當船長，靠自己的力量，橫越海到另一個小島去。

今天農曆十九大潮，中央氣象局的「潮汐表」資料如下：

第一次最低潮：早上06:35。

潮高-132cm（潮水高度降至平均海平面以下132公分）

第一次最高潮：中午13:28。

潮高+128 cm（潮水高度升高到平均海平面以上128公分）

第二次最低潮：下午19:17。

潮高-113 cm（潮水高度降至平均海平面以下132公分）

因為平均一天有二次的漲退潮，澎湖人叫作「流勢」。很奇異吧，月球的引力竟然可以大到讓水位有這樣大的變化。最高潮與最低潮差距2.6公尺，潮差很大所以叫大潮——大流勢。兩公尺多的海水退下去又漲上來，這強大海水的流動，就稱為「潮汐流」。

潮水的流動加上海底與陸上地形的變化，使得海流千變萬化。這大大影響了我們的航向和航速，如果沒有經驗和仔細的計算和判斷，我們可能永遠到達不了目的地。此外再加上風向和天候的影響，海的複雜和詭譎多變，讓最有經驗的水手和船長都對她心存敬畏。何況我這個城市鄉巴佬呢。

11:55我們划出海堤，只見前方白浪點點，浪頭約有三十至四十公分。因為吹北風，海浪從北方一波波湧來。在臺北生活了二十五年，從來不清楚哪邊是北方，哪個時候海水會上升，哪時會退走。「潮汐」與「潮汐流」的知識，只是地球科學考試用的冰冷教科書。但這個時候，我得奮力揮槳，沙特尖尖的船艄朝向海浪，衝破海浪，浪花打碎在我的前甲板，濺得我一臉海水。我變得十分清楚而敏銳，吹在臉上的是北風，海浪從北邊打來，沙特正在頂風頂浪前進，而現在還在漲潮。

因為漲潮的海水是從南方湧來，所以漲潮澎湖人稱之為「南流」。這對要航向北方的我們，算是順流。不過別高興，逆風和頂浪也會大大降低我們的船速。觀音亭邊堤防礁石水淺，海浪洶湧，我們盡量靠外側航行。今天能見度不是很好，跨海大橋僅隱約可見，西嶼模模糊糊一塊……奇怪，大倉島哪去了？

下午13:30，船舷邊海水的顏色變深，想必這裡水底的深度較深。聽人說後窟潭到大倉中間有一條海溝，也許就是這兒。此地浪頭也變小了些，獨木舟的速度也逐漸加快。「大倉」這個俗稱「內海之珠」的小島也漸浮現眼前。

終於，小島一點一點變大了。13:50我們在大倉西南側沙灘登岸，沙灘上一個人也沒有，島上沒有人知道我們來。進村落走走吧，我們拿著槳走進村落。也許村民都在午睡吧，島上人好少。兩個漁民在修船，兩個小孩在玩球，如此而已。下午三時，當我們坐在島上唯一的一家小雜貨店前面，吃著科學麵，慶祝我們的第一座小島時，午睡的村民才紛紛起床，只不過見到的都是些好老好老的阿公阿嬤。一個老阿公還告訴我們，他年輕時也是用搖櫓人力來回馬公之間，不過那是好久以前的事了。

當老人在緬懷年輕記憶的同時，我們再度回到海上。海上退潮的情況已經很明顯，有二處海面甚至可見滾滾的流水。回程順風順流，很快我們已經看到觀音亭外長長的堤防。

這是沙特與西蒙波娃的第一座小島。

——摘錄自《航向看不見的島嶼》（墨刻，2008）

瞰瞰海

作者為馬公高中教師，教書餘暇，和一群獨木舟活動喜好者於澎湖海域經常從事島與島間的航行活動。本篇選文為作者夫妻，以「沙特」和「西蒙波娃」命名的兩艘獨木舟的處女航記述。

為何是手划而不是動力船舶？文章一開始，「當你在天藍海青的海上輕撥著槳，獨木舟安靜地劃過水面」開頭兩句，已說明了獨木舟無可替代的航行感受。這只是一段試探性航程不遠的初航，然而海的複雜多變，文章裡我們仍然不難感受到，裝備、海況資料，包括心理的、認知的，都必須要細心準備和調整，不允許一絲輕忽。作者戲說自己，

「在臺北生活了二十五年，從來不清楚哪邊是北方，哪個時候海水會上升」，如今來到海上划舟，必要清楚方位、潮汐、風向和海流……，「我變得十分清楚而敏銳，吹在臉上的是北風，海浪從北邊打來，沙特正在頂風頂浪前進，而現在還在漲潮」。環境將影響她懷裡的每個生命，「此時我的身體與獨木舟結為一體，再大的風浪也必須一同面對……這是我頭一次出海，自己當船長，靠自己的力量，橫越海到另一個小島去。」

二〇〇九

／蘇帆海洋文化藝術基金會

進入屏東海域後，綠色山脈逐漸靠攏到海邊。西部海岸景色的轉變從這裡開始。

海上視野變得更遼闊了，一眼望去，海面似乎無盡延伸；遠方湛藍，近處青藍，海浪貼著天界，邊緣模糊，海天一色，雲朵好像是刻意畫上去、掛上

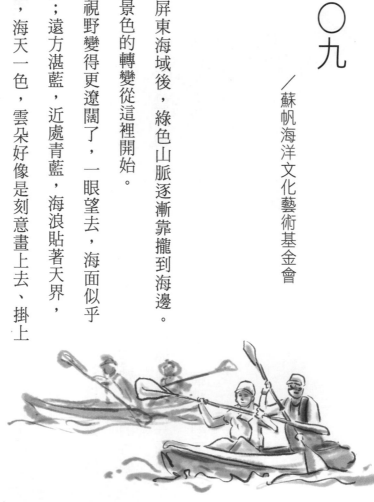

去的。

這天，划船的感受如同從城市的繁華嘈雜中划進鄉村田野裡，讓人好幾次想用力深呼吸，不僅是好空氣，伙伴們也都嗅得出來，這趟活動的豐美果實就在前方不遠處。

船隊的士氣跟著高漲起來，這天，我們划了四十幾公里。好風景讓人感覺最辛苦的一段已經通過了，接下來的航程，彷彿就要進入追尋已久的伊甸園。

這就是一體了，青藍大海、蔚藍穹蒼、蒼翠山脈，我們划著小舟彷如大化其中。

七月三十一日晚上十時，我們在屏東山海里里民會堂上召開隔天活動行前會議。伙伴們魚貫入座，只見案前海圖三張、筆電一臺，席間伙伴們偶爾飄出細細低語。

出發後，行前會議幾乎天天召開，但這天會場氛圍似乎明顯不同。

「明天我們將渡過全臺最危險的海域之一——貓鼻頭，這一鼻岬下的海況、潮汐與一般地區不同，漲潮時間長達十六小時，退潮時間僅九小時，退潮時速度達二至三節。蘇老師一臉嚴肅地說明隔天航行的計畫與海況，停了一下他繼續說：「風向北北東，風速約四級，最大陣風六級，外海海流流速可能超過五節，獨木舟航速一般為兩節，因此在過貓鼻頭前必須貼岸航行，離岸不可超過五百公尺，否則會被海流帶往外海。」看到好幾個伙伴嚥下一口口水，會場一片安靜，難得行前會議會場這麼安靜。

「哇……」席間終於一陣喧譁。和過去的航程比較，明天才是一場真正的硬仗。

「我們會有一艘海巡艇戒護，再加一艘水上摩托車引導，明天第一船由……第二船……第三船押隊，安全官由我親自擔任、安全副官……醫護官……六名後備選手……待命於戒護船上，要有隨時下海接替的準備。」

哇，根本就是戰前布達，戰鼓急響。

翌日清晨七時三十分，領隊船紅色小火龍、中間黃色皮卡丘與押隊藍色傑尼龜，船隊按計畫準時從山海漁港出發。領隊指揮下，船隊以三角隊形六槳同步航向大海。水上摩托車衝在前方帶領。

出了港後，海巡艇便跟上戒護，老師神情專注地站在戒護船前甲板用無線電指揮，看起來是外表鎮定，內心緊張。

海況一如昨日預測，我們依安全官與水上摩托車教練的指示貼岸航行，為了盡量減緩潮汐的影響，我們甚至貼近岸緣到一百五十公尺處。

陣風吹襲下，航向不易操控，離貓鼻頭還有一段距離，我們就已在海上感受到這片鼻岬海域的威力。這隻貓不是一般家貓，而是一頭不時撲著臺灣尾的野貓。

但見岬下陰風怒號、濁浪排空，我們深吸一口氣，繼續划行。

不久，對講機傳來安全官的聲音：「各位選手，你們目前已在貓鼻頭岬角下約兩百公尺，請在原地稍作休息，等等我們將一鼓作氣完全不停地埋頭衝過岬角水域。」

在領隊指示下船隊在海上靠在一起休息，同時調整隊形，六名船員也乘機相互加油打氣，戒護船上的六名待命選手也對我們大聲勉勵，讓我們信心倍增。

耳際忽然響起「風大雨大太陽大，誰卡大聲誰就贏……」幾句歌聲，我們起跑，為了增加氣勢，也為了保持槳頻同步，我們齊聲高喊：「左、右、左、右」，隨聲隨勢，我們埋頭操槳努力划進，想一舉突破難關。

風強勁地吹著，浪瘋狂地撲著，陽光刺眼加上不時潑入眼的海水，我兩眼幾乎睜不開來，力量好像被什麼給拉住了，插入水中的槳彷彿是插入泥漿裡般拉划吃力，但我們三艘船仍然按預訂航向，預定策略，一路衝衝衝，沒有稍微懈怠。

海況的艱難超乎預期，一開始還算同步的槳頻，衝刺一陣子後已前後紛亂，顧此失彼，怎麼也調不回來，外在壓力讓我們漸漸只顧划槳，顧不了太多其他。不久後，船隊隊形也被湧浪打亂了，這時，我們只能各自努力往前划進。

就在我們幾近筋疲力竭的時候，終於，對講機傳來安全官的聲音：「各位選手，恭喜你們已經順利通過貓鼻頭了，前方的沙灘就是後壁湖漁港，請大家繼續往目的地前進。」

這句話彷彿是一劑強心針，讓大家大大鬆了口氣，得以喘息，相視一笑。臉上雖然只有淺淺笑容，內心實則已如雀躍。不過，我們的槳沒有因此停止，仍繼續往目標前進。

過了岬角之後，按昨晚會議規畫，我們必須順著潮水轉彎。黃色皮卡丘首先彎過，再來是藍色傑尼龜，最後是紅色小火龍。

就在小火龍轉向之際，忽然一陣妖風吹來，小火龍抵擋不住，被一路往後吹回五十公尺，退回貓鼻頭岬下，與前方船隊漸行漸遠。

小火龍一陣緊張，腎上腺素極速分泌，揮槳速度彷彿後方有大鯊魚追趕。

暴衝之下，小火龍第二次越過貓鼻頭與前方船隊接近。

體能有限，這陣暴衝後，小火龍逐漸後繼無力，而岬下風力卻有增無減。白忙一場，小火龍被風力抓住再度被吹回原點。

前方的傑尼龜與皮卡丘為避免重蹈後方小火龍之覆轍，繼續全速前進，狠心離小火龍而去。真是船遲又遇打頭風，不過，小火龍在老師與大夥的加油聲下，再次勇敢挑戰妖風，終於第三次越過貓鼻頭。

——摘錄自《划向大海，找到自己——二〇〇九、二〇一〇年獨木舟環島紀實》（東村，2012）

瞰瞰海

本篇文章選自《划向大海，找到自己》，這本書是二〇〇九、二〇一〇兩年，大學生獨木舟環島活動所留下的紀錄，進而整理成的集體創作。本篇選文記述的是二〇〇九年七月，獨木舟團隊勇敢航越危險海域貓鼻頭的經過。

獨木舟團隊從基隆出發，此時已划越整個西海岸，進入恆春半島海域。文章一開始先鋪了溫和的場景，「青藍大海，蔚藍穹蒼，蒼翠山脈……這天，划船的感受如同從城市的繁華嘈雜划進鄉村田野裡」，用以襯比當晚繃緊的行前會議。「和過去的航程比較，明天才是一場真正的硬仗」，會議中安排了戒護船以及水上摩托車機動引導，設置了安全官、醫護官及準備隨時下場接替的預備選手，團隊做了謹慎的推演和仔細的準備，但整個氛圍，仍如同「戰前布達，戰鼓急響」。

接著描寫的就是海上划舟勇渡貓鼻頭的精采過程。

海域活動因為得考量的變因遠超過陸地活動，一趟活動下來，參與的大學生確實改變了不少，除了擁有海上看臺灣的視野，他們必要思慮更多，並且還擁有一槳槳面對困境的撐持意志，這是大海給我們大學生的一場歷練與成長。

航行初體驗

／林蕙姿

旅行方式有三種：在天上飛，坐在輪子上跑，浮在海上前進。

二〇一一年夏天，我選擇搭乘從基隆港出發的麗星郵輪，航向位在臺灣西北方的日本沖繩群島。我的第一次航海旅行。

「坐船出國？」「沖繩那霸，不是有飛機航班可到達？」「不會危險嗎？」「不怕暈船嗎？」關於搭船，關於海洋，海島居民的我們總有許多不安。

危險嗎？生活中哪件事不危險？吃飯可能會噎到，喝湯可能嗆到，走路可能會跌倒，生活中處處充滿變數，我覺得認知及面對危險會比無知及背對危險安全許多。又如何克服暈船問題呢？過去有不少暈船記錄，我想，過去搭的都是小船，這次是郵輪大船，島國子民的我願意嘗試。

老早以前，航行就已經是人類生活的一部分。在大航海時代來臨前，人類已開始利用船舶奔馳海上往返兩地運送貨物，人類社會對航海的渴望，帶來了熱絡的貿易活動，興盛的商業行為，與旺盛的探險行動，新航線、新大陸、新天地，一次又一次透過航海壯舉躍上世界舞臺。

臺灣早期社會亦相當依賴海運，緣於縱貫全島的南北走向山脈與東西流向河流交織出的地形，構成島上陸地被天然地形分割且不連貫的景象，清領時期，這樣的地理環境增加了修築道路、建造橋梁工程的困難度，加上當時清政府為了防患盜匪竄擾與阻隔民間械鬥滋事，對於陸路交通的改善並未多做著墨，造成南北往來的陸路交通不便，因而造成海運較陸運繁榮的現象。日治時期亦然，臺灣特殊的地理環境與交通運輸需求，促成多條臺灣本島各地間、離島間，以及對日本航線的開通與發展。對當時的島國生活來說，航行是家常便飯之事，對四面環海的臺灣來說，航行本就是垂手可得的交通方式，只是在講究速度與工程技術日益提升的今日，大眾熟知的航行被囿限於貨物運輸或短距離搭載的範圍內了。

來到基隆，老遠就見到偌大的郵輪泊靠碼頭旁，豔陽下一身亮眼幾近全白底船身，很難不讓人停駐，多瞧幾眼。啊，這將是未來五天我所倚靠的家園。排水量約五萬噸，長約三二〇公尺、寬約三〇公尺、甲板數十三層；碩大無朋的身影得仰起頭才能探望船頂，得後退數公尺才能將整艘船盡收眼底，身軀龐碩穩穩地座落港邊，看了令人心安。

網站說，臺灣早已有數條天數不一，並以基隆港為基地往返日本沖繩群島的郵輪行程。位處日本國境之南的沖繩群島，與臺灣同為西太平洋花綵列島家族的一員，花綵列島由最北的阿留申群島一路往南探下，過了沖繩群島後，就來到了臺灣，彼此距離並不遙遠的兩座島國，搭乘郵輪需時一天。

一天，對比飛在空中，真是漫長的旅程啊。然而，郵輪不只被賦予交通載具的功用，它還包辦了一大群人一天的生活所需。船上除了飯店般的住宿房間，還設有多家東西風味的餐廳、多種娛樂設施以及大大小小不少表演節目。郵輪是一座會移動的多功能海上城堡，交通航行，以及一大群人的食衣住行育樂全包在它身上。這種旅遊方式，沒有每天拉車扛拖行李的煩憂，郵輪上的旅行節奏確實較為悠緩、開闊。

除了生活基本需求以及參加靠岸觀光行程外，五天旅程航行途中，我最常流連的地方是環繞船身一圈的戶外甲板。船隻向前航行，我繞著甲板散步，航線與我散步的腳跡一再交集，視野無遮無掩，大海廣闊浩瀚，而且近在身邊；四周一片藍，淺朗的天空藍，深鬱的海水藍，黑黝的星光藍；看似自限於一方天地的航程，有的是無數的海景圍繞，無限的海風吹拂，感覺自己是大航海時代的探險家，帶著堅決的意志，無畏的勇氣，在茫茫大海中探尋無窮的未來。我是一步步融溶在一片無比開闊的海藍天藍裡。

遠方天際線上浮出朦朧身影，那是什麼？

我翻閱手中或腦海裡的地圖試圖比對，一塊陸地、一座島嶼或是一艘船舶？抑或只是幻影般的海市蜃樓？甲板上，我一再引頸測試自己的眼力和想像力。偶爾，海鳥現蹤，或張展雙翅錯過船舷，或俯衝下落貼近海面盤旋，或拔海而起陡然升空。與我們船隻偶然交會的這些海鳥，大海茫茫，牠們從哪裡來，又將往何處去？

提供一大群人海上生活，龐碩是郵輪的先天宿命，這等龐然大物若擱在陸地上應是舉步維艱無比沉重，但大海中，郵輪卻是航步輕盈，不疾不徐，以穩固的節奏朝目的地緩緩前行。

沖繩，小島羅列，不動的島嶼靜靜矗立航道兩旁，畢恭畢敬地迎接郵輪的到來。船上遊客們個個搖身一變成了閱兵官，校閱著兩旁羅列的島嶼。目標港的輪廓漸漸清晰，向海的入口構築兩條長長的堤防，以開展雙臂的歡迎之姿，迎接來自海上的我們。海面往來船隻頻仍，好幾艘各式功能的船隻，載客的、載貨的、休閒娛樂的，在海面揚起汩汩白沫，或是迎面而來航往它們的目的地，或是與郵輪並行將要航進眼前的港口，這些船隻彷若忙碌擷取花蜜的一群蜜蜂，在繁花錦簇的園地裡勤快工作著。港口是船隻的家園，絡繹不絕的景況道出了這座海港幸福的景緻，而我們這艘來自異國的船舶，也將在幸福的港灣裡泊靠一宿。

離開久居的陸地，跨國航行了一段，除了嘗試了另一種旅行方式，我深深覺得，屬於島國子民心中的海洋輪廓不再模糊不清。這趟航行後，我的眼界除了陸地山林以外，更有海的影子、島的影子。

瞰瞰海

無論一般生活或外出旅行，照理說，航海應該是海島居民尋常的交通方式，但是，海島的我們，關於航海選項，恐怕多數人是從來沒動過念頭。文章分兩頭進行：作者搭上郵輪前往日本琉球，面對的自我解釋或外在詢問，「搭飛機不是更快？」、「不危險嗎？」、「暈船怎麼辦？」。另外，作者從人類與航海的關係談起，「新航線、新大陸、新天地，一次又一次透過航海壯舉躍上世界舞臺」；進一步談到臺灣與海的密切關係；臺灣也是在大航海年代躍上世界舞臺，除此，臺灣地理環境特殊，山脈縱走，河川橫流，形成陸地空間切割，這樣的地理環境有利於海運發展，所以早期臺灣社會頗為依賴海運，而今，海上留下貨運部分，客運除了本島——離島航線，本島間的航運幾乎完全消失。

回到航行中的郵輪，航速雖遠不及飛機，但每天甲板散步，視野無遮，旅行節奏悠緩、開闊。除了嘗試了另一種旅行方式，作者覺得，這趟航行，「屬於島國子民心中的海洋輪廓不再模糊不清。」

國家圖書館出版品預行編目資料

海洋的心聲──海洋散文集 / 廖鴻基主編.
-- 初版. - 台北市：幼獅, 2013.11
面；　公分. --（散文館；7）

ISBN 978-957-574-933-0（平裝）

855　　102020661

・散文館007・

海洋的心聲──海洋散文集

主　　編＝廖鴻基
照片提供＝杜虹、李祥銘、林榮華、張祖德、劉淑華（依姓氏筆劃）
出 版 者＝幼獅文化事業股份有限公司
發 行 人＝李鍾桂
總 經 理＝王華金
總 編 輯＝劉淑華
副總編輯＝林碧琪
編　　輯＝黃淨閔
美術編輯＝李祥銘
總 公 司＝(10045)台北市重慶南路1段66-1號3樓
電　　話＝(02)2311-2832
傳　　真＝(02)2311-5368
郵政劃撥＝00033368

印　　刷＝祥新印刷股份有限公司
定　　價＝230元
港　　幣＝77元
初　　版＝2013.11
六　　刷＝2017.08
書　　號＝986256

幼獅樂讀網
http://www.youth.com.tw
e-mail:customer@youth.com.tw
幼獅購物網
http://shopping.youth.com.tw

行政院新聞局核准登記證局版台業字第0143號

幼獅文化公司／讀者服務卡／

感謝您購買幼獅公司出版的好書！
為提升服務品質與出版更優質的圖書，敬請撥冗填寫後（免貼郵票）擲寄本公司，或傳真（傳真電話02-23115368），我們將參考您的意見、分享您的觀點，出版更多的好書。並不定期提供您相關書訊、活動、特惠專案等。謝謝！

基本資料

姓名：……………………先生／小姐

婚姻狀況：□已婚 □未婚　職業：□學生 □公教 □上班族 □家管 □其他

出生：民國……………年……………月……………日

電話：（公）……………（宅）……………（手機）……………

e-mail：……………………

聯絡地址：……………………

1.您所購買的書名：**海洋的心聲——海洋散文集**

2.您通常以何種方式購書?：□1.書店買書 □2.網路購書 □3.傳真訂購 □4.郵局劃撥
（可複選）□5.幼獅門市 □6.團體訂購 □7.其他

3.您是否曾買過幼獅其他出版品：□是，□1.圖書 □2.幼獅文藝 □3.幼獅少年
□否

4.您從何處得知本書訊息：□1.師長介紹 □2.朋友介紹 □3.幼獅少年雜誌
（可複選）□4.幼獅文藝雜誌 □5.報章雜誌書評介紹……………報
□6.DM傳單、海報 □7.書店 □8.廣播(　　　　　)
□9.電子報、edm □10.其他……………

5.您喜歡本書的原因：□1.作者 □2.書名 □3.內容 □4.封面設計 □5.其他

6.您不喜歡本書的原因：□1.作者 □2.書名 □3.內容 □4.封面設計 □5.其他

7.您希望得知的出版訊息：□1.青少年讀物 □2.兒童讀物 □3.親子叢書
□4.教師充電系列 □5.其他

8.您覺得本書的價格：□1.偏高 □2.合理 □3.偏低

9.讀完本書後您覺得：□1.很有收穫 □2.有收穫 □3.收穫不多 □4.沒收穫

10.敬請推薦親友，共同加入我們的閱讀計畫，我們將適時寄送相關書訊，以豐富書香與心靈的空間：

(1)姓名……………e-mail……………電話……………

(2)姓名……………e-mail……………電話……………

(3)姓名……………e-mail……………電話……………

11.您對本書或本公司的建議：

廣　告　回　信
台北郵局登記證
台北廣字第942號

請直接投郵　免貼郵票

10045 台北市重慶南路一段66-1號3樓
幼獅文化事業股份有限公司

請沿虛線對折寄回

客服專線：02-23112832分機208　傳真：02-23115368
e-mail：customer@youth.com.tw
幼獅樂讀網http：//www.youth.com.tw
幼獅購物網http://shopping.youth.com.tw

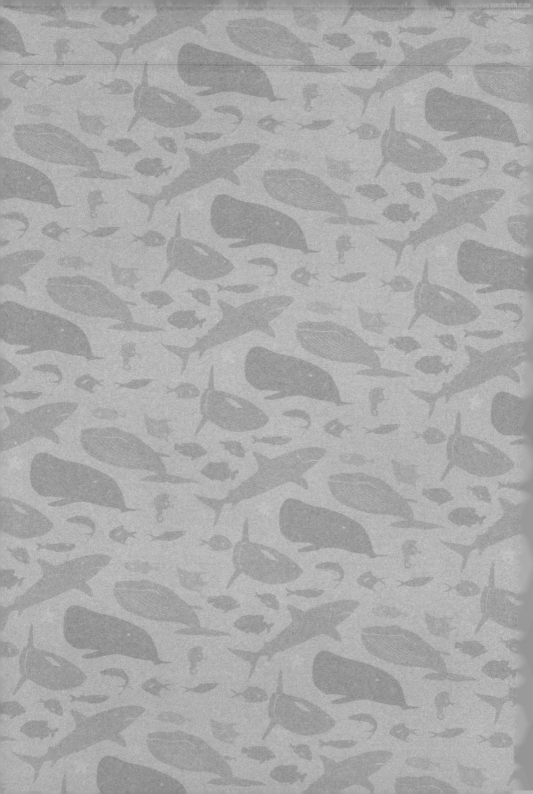

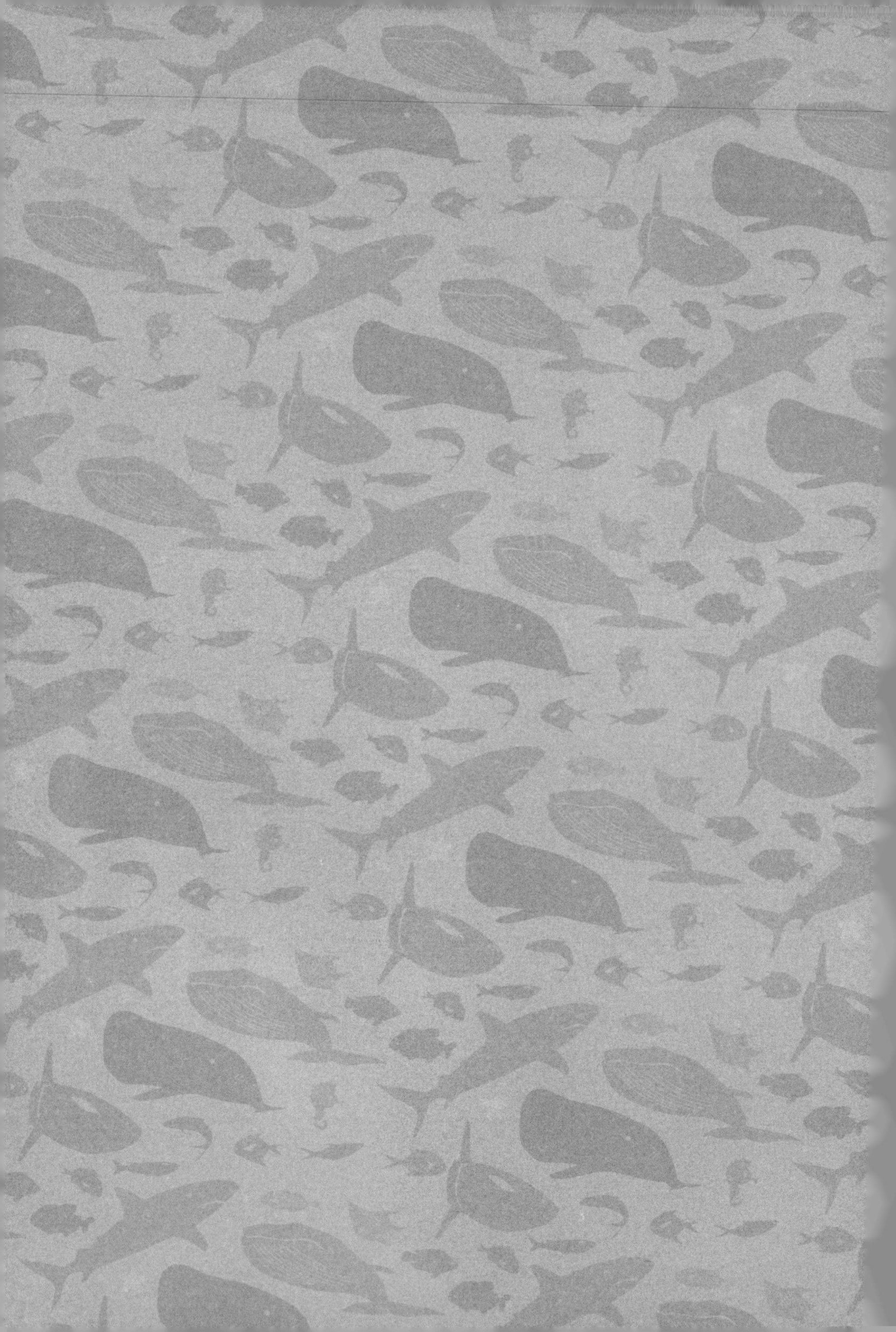

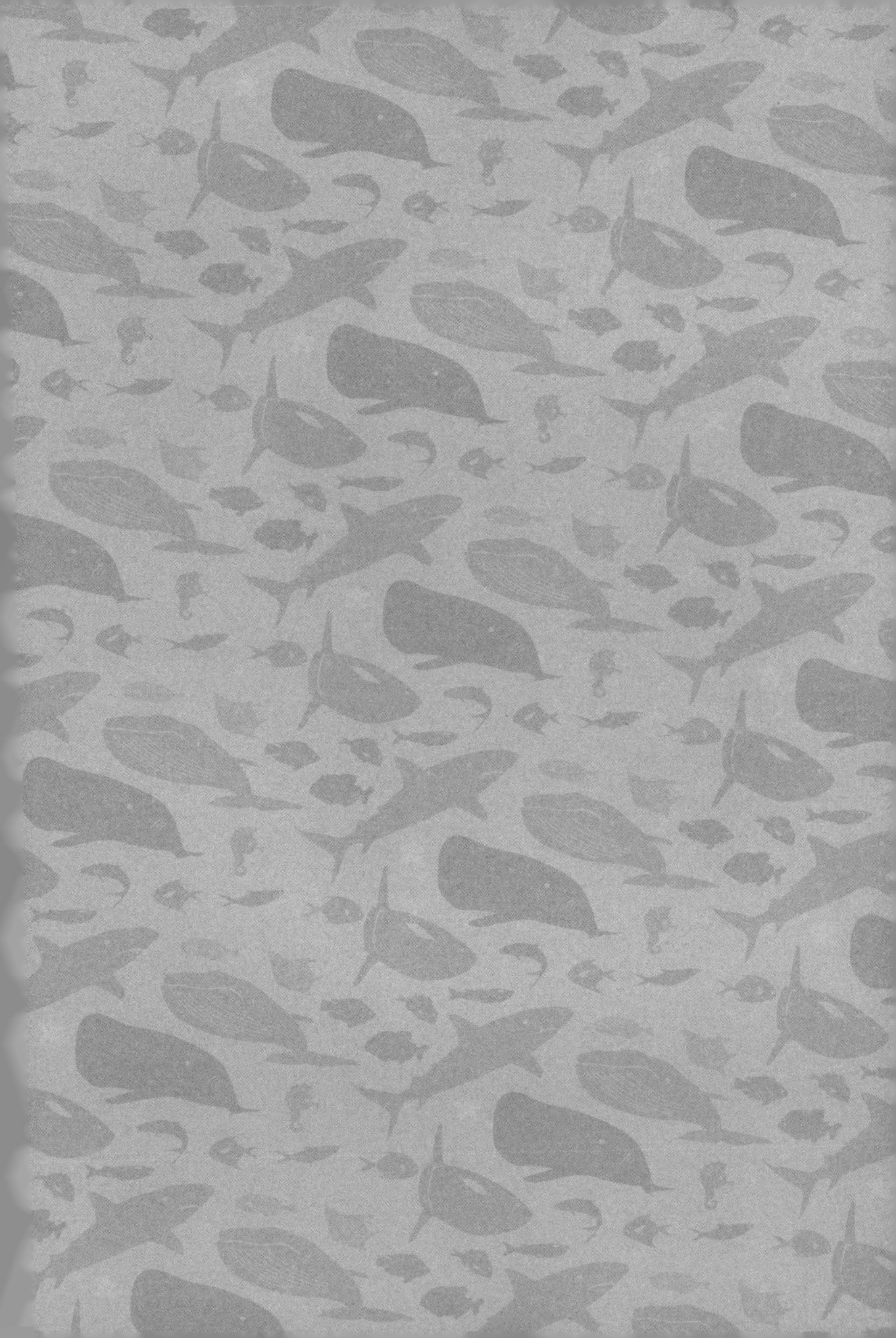